In diesem Moment war mir endgültig klar, daß ich den Vorschlag meiner besten Freundin bereits freudig akzeptiert hatte. Ich war auf dem Wege der Besserung!

«Also gut, Lona. Am Ende des Sommers sprechen wir uns wieder. Dann wissen wir mehr.»
«Abgemacht», lachte Lona.

Wie ein einziger Tag doch
die Welt verändern kann ...

JEANETTE
SANDERS

Der Hang zum Zweitmann

ROMAN

WUNDERLICH
TASCHENBUCH

Originalausgabe
Veröffentlicht im Rowohlt Taschenbuch
Verlag GmbH, Reinbek bei Hamburg,
Januar 2000

Lektorat Sabine Lammers
Umschlaggestaltung Barbara Hanke
(Foto: Mauritius-nonstock)

Satz Berling PostScript (PageOne)
Gesamtherstellung Clausen & Bosse, Leck
Printed in Germany
ISBN 3 499 26194 4

EINS

Der dunkelblaue Hartschalenkoffer war mir gleich so bekannt vorgekommen. Obwohl es von der Sorte und Farbe vermutlich einige Millionen gibt auf dem Globus. Dieser Koffer hier allerdings war auf eine Art und Weise verschrammt, die mir merkwürdig vertraut erschien. Das Ungetüm stand in Lonas Diele herum. Ich stieß prompt beim Hereinkommen mit dem Fuß dagegen – und jaulte auf vor Schmerz.

«Sag mal, willst du verreisen?» rief ich in Richtung Kinderzimmer, wo ich meine Freundin vermutete. Jedenfalls ließ die Geräuschkulisse darauf schließen, daß der vierjährige Felix dort gerade ins Bett gesteckt werden sollte.

«Erraten! Ich erzähle dir gleich, wohin und mit wem, du wirst es nicht glauben!» überschrie Lona das Protestgeschrei ihres Sohnes, «den Koffer habe ich übrigens auf dieser Fluggepäck-Auktion neulich ersteigert. Für hundert Mark, inklusive Inhalt. Toll, was? Vielleicht ist ja sogar was Brauchbares drinnen, jedenfalls hat Crissy schon einige Male Glück gehabt ...» – kurze Pause – «So, und jetzt wird geschlafen, du Racker!» – ich schickte ein rasches Stoßgebet zum Himmel, daß Felix der Anweisung seiner Mutter auch wirklich folgen möge. Der Kleine war zwar ein echter Wonneproppen, wenn er wollte, allerdings wollte er durchaus nicht immer. Ich dagegen wollte einen netten und ungestörten Plauderabend mit seiner Mutter verbringen. In dem Punkt standen demnach seine Interessen eindeutig den meinen entgegen, soviel war klar.

«Hallo, Mona», Lona erschien mit zerzausten Haaren in der Tür zum Kinderzimmer und grinste erschöpft, «im Kühlschrank steht eine Flasche Prosecco. Wo Gläser sind, weißt du ja. Ich will nur rasch noch den Koffer aufmachen, ich platze vor Neugierde. Crissy hat neulich eine komplette Sommergarderobe mitersteigert. Teilweise waren die Sachen noch nicht einmal getragen, sogar die Preisschilder hingen noch daran.»

Crissy hieß eigentlich Christine, war vierundzwanzig und von Beruf Model. Außerdem war Crissy Lonas jüngere Schwester. Deutlich jünger, um genau zu sein. Dreizehn Jahre immerhin. Lona hatte Crissy beinahe alleine aufgezogen, weil beide Eltern Ärzte und beruflich ungeheuer eingespannt waren. Crissy jettete, seit sie siebzehn war, um die ganze Welt für ihre Modeaufnahmen. Sie kannte wohl den Chefsteward einer bekannten Fluggesellschaft näher. Von dem hatte sie den Tip bekommen mit den Fluggepäck-Auktionen, die in regelmäßigen Abständen stattfanden. Hier kamen all die herrenlosen Gepäckstücke unter den Hammer, für die sich auch nach drei Monaten Suchaktion noch immer kein Hinweis auf den Eigentümer hatte finden lassen.

«Wie geht es deinem Schwesterlein eigentlich?» erkundigte ich mich, während ich die Sektgläser holte.

Draußen auf dem Flur schnappte hörbar ein Schloß auf.

«Gut. Allerdings ist sie zur Zeit ziemlich gestreßt, die Kleine», hörte ich Lona murmeln und dann: «Verdammter Mist, alles Männersachen! Und was ist denn das? Hilfe, Mona, komm doch bitte mal ganz schnell. Ich glaub's einfach nicht!»

Ich stellte die Gläser rasch auf den Wohnzimmertisch und eilte in die Diele. Lonas Tonfall hatte reichlich alarmiert geklungen. Sie kniete vor dem offenen Koffer und hielt einen durchsichtigen Beutel aus PVC-Folie hoch. In dem sorgfältig zugeknoteten Ding befand sich ein weißes Pulver.

«Siehst du, was ich sehe? Ich kann es einfach nicht fassen, warum müssen bloß immer mir solche Dinge passieren?» jammerte Lona und sah mich an wie ein waidwundes Reh.

Ich warf einen raschen Blick auf den sonstigen Inhalt des Koffers, der wie ein offenes Buch zu meinen Füßen lag. Was ich sah, ließ mich einen Augenblick lang den Atem anhalten. Vor Überraschung, nicht vor Schreck! Ich kniete mich neben Lona und begann in den T-Shirts, Jeans und diversen Sportsachen zu kramen, weil ich ganz sichergehen wollte. Mit spitzen Fingern zog ich zielsicher einen schwarzen Männerslip aus dem Kleiderhaufen. Größe sieben, auf dem Label war deutlich in weißen Großbuchstaben CALVIN KLEIN zu lesen. Den Slip hatte ein gewisser Herr vor beinahe einem Jahr von mir zum Geburtstag geschenkt bekommen. Weil mir seine ewigen flatterigen Boxer-Shorts auf die Nerven gegangen waren. Er hatte den Slip nur selten getragen, und wenn, dann nur um mir einen Gefallen zu tun, wie er betonte. Die Boxer-Shorts seien viel bequemer. Kein vernünftiger

Mann trage außerdem beim Marathonlaufen solche knappen Slips. Das schnüre einem ja das Blut ein ... Trotzdem hatte er den Slip immer eingepackt und mitgenommen, wenn er irgendwo hinflog. Nun gut, er war auch häufig beruflich unterwegs, aber damals, vor einigen Monaten, als ihm der Koffer abhanden gekommen war, war es ein Flug nach New York gewesen, rein privat, zum Marathonlauf. Daran erinnerte ich mich jetzt genau.

Längst hatten die Gepäckversicherung und die Fluggesellschaft den materiellen Schaden beglichen, der durch den Verlust entstanden war. Ohnehin pflegte er auf solche «Sportreisen» nur preiswerte und zweckmäßige Kleidung mitzunehmen. Und jetzt war der Koffer auch noch wiederaufgetaucht! Ersteigert ausgerechnet von meiner besten Freundin. Ich mußte lachen. Lachte und lachte, bis mir die Tränen über die Wangen liefen. Lona starrte mich nur wortlos an. Als ich mich wieder etwas beruhigt hatte, hielt sie mir den Beutel vors Gesicht: «Und was soll ich jetzt damit machen? Das ist doch Kokain, hundertprozentig! Zur Polizei gehen ...?»

«Ach was», sagte ich und mußte schon wieder kichern. Ich nahm ihr das Ding aus der Hand, öffnete mit Hilfe meiner langen Fingernägel den Knoten, befeuchtete dann meine Zeigefingerkuppe mit der Zunge und tauchte den Finger in das weiße Pulver. Fassungslos sah Lona mir zu, wie ich schließlich meine weißbestäubte Fingerspitze ableckte.

«Traubenzucker», sagte ich, «reiner weißer Traubenzucker in Pulverform! Damit er noch schneller ins Blut geht und verbrauchte Energie sofort zurückbringt. Schneller als jeder Marsriegel, behauptet Leander immer.

Er schleppt das Zeugs tonnenweise mit sich, wenn er zu einem Marathonlauf reist. So eine Art Doping, aber völlig legal. Verstehst du jetzt?»

Lona starrte mich an, starrte auf das weiße Pulver in dem unschuldigen PVC-Beutel, starrte schließlich auch noch auf den Kleiderhaufen im Koffer. Dann endlich schien der Groschen gefallen zu sein …

«Der Koffer gehört Leander?»

«Sieht ganz danach aus», bestätigte ich nüchtern, «es tut mir leid, daß du keine bessere Ausbeute gemacht hast, Lona. Immerhin kannst du mit Leander vielleicht ein kleines Geschäft vereinbaren. Er soll dir für seine Klamotten hier die hundert Mark geben, die du hingeblättert hast auf der Auktion. Den Koffer behältst du, der ist zwar außen reichlich verschrammt, aber dafür ungeheuer stabil. Und Leander hat sich mit dem Geld von der Versicherung sowieso längst einen neuen gekauft.»

«Verflixt», sagte Lona und verdrehte die Augen, «daß ich aber auch immer so ein Pech habe!»

Natürlich mußte ich daraufhin wieder lachen. Ich konnte einfach nicht anders. Die Szene hätte ja auch wirklich aus einem Kinofilm stammen können. Das Leben schrieb tatsächlich die besten Geschichten! Ich würde gleich morgen am Schreibtisch darüber nachdenken, wie meine Heldin Annabelle wohl in einer solchen Situation reagiert hätte. Vielleicht ließ sich daraus sogar eine neue Story zimmern. Obwohl sich Annabelle natürlich niemals mit einem Mann wie Leander eingelassen hätte … Ich mußte mir allmählich die Seite halten, die vom Lachen bereits wehtat.

«Seitenstechen? Das wird gleich vorbei sein! Guck

mal, was ich hier habe ...» Zwischen Zeige- und Mittelfinger hielt Lona mir ein flaches, quadratisches Mini-Päckchen unter die Nase, das sie soeben aus einem der Seitenfächer des Koffers geholt hatte.

«Billy-Boy», las ich laut. Mein Gelächter erstarb. Leander hatte auf Reisen also Kondome im Koffer! Obwohl er bei mir immer ohne wollte, auch an den kritischen Tagen. Er weigerte sich strikt, einen Gummi überzuziehen. Das töte bei ihm jegliche Lust! Mein Argument, daß ich mit immerhin fast vierzig endgültig keine Schwangerschaft mehr wolle und die Pille in dem Alter auch riskant sei, von wegen erhöhter Thrombosegefahr und so, ignorierte er standhaft. Einmal hatte er sogar die Frechheit besessen, zu behaupten, in meinem fortgeschrittenen(!) Alter sei eine Schwangerschaft kaum mehr wahrscheinlich, schon rein statistisch gesehen nicht ... Ich hätte ihm beinahe eine geknallt, ehrlich! Aber sonst ist Leander ein Typ, der ziemlich okay ist. Vor allem verfügt er über Intelligenz und eine gewisse Nüchternheit im Denken, was mir in dieser Kombination bei Männern schon immer gefallen hat. Leander ist Physiker und arbeitet an der Uni. Er forscht. Das sagt vielleicht auch einiges über ihn aus. Allerdings, wie schon erwähnt, Annabelle, mein literarisches Alter ego, würde sich niemals mit dieser Sorte von Mann einlassen. Nicht fürs Bett jedenfalls. Annabelle bevorzugt heißblütigere Typen beim Sex. Als Kumpel wäre ihr Leander vermutlich schon recht, obwohl sich Annabelle auf dieser Ebene eher selten mit einem Mann abgibt.

«Nimm's nicht so schwer, Mona», funkte Lona mitten in meine Betrachtungen hinein, «immerhin zeigt er Verantwortungsbewußtsein, dein Leander. Stell dir nur mal vor, er würde auf seinen diversen Dienst- und sonstigen Reisen rund um den Globus ohne Gummi ... Also, ich danke.»

«Tja», sagte ich langsam, «wo du recht hast, da hast du recht. Übrigens, der Prosecco wird allmählich warm. Und schütte den Traubenzucker ins Klo, das Zeugs ist schon einige Monate alt. Vielleicht sind da längst die Würmer drin.»

Erschrocken zog Lona ihren Zeigefinger zurück, der eben in den Beutel wandern wollte.

Ich drehte mich um und ging die Gläser vollschenken. Dabei fragte ich über die Schulter: «Und wohin soll die Reise denn nun gehen? Und vor allem mit wem?»

«Nach Australien. Rate, mit wem ...»

«Gratuliere! Neuer Lover?»

«Wie man's nimmt», Lona kicherte vielsagend, es klang ziemlich lüstern. Fand ich jedenfalls.

«Spann mich nicht so auf die Folter. Kenne ich ihn?»

«Er heißt Klaus!»

Manchmal habe ich ebenfalls eine lange Leitung, das muß ich zugeben. «Wie praktisch. Dann gibt es wenigstens bei der Anrede keine Probleme. Er kann dir nie vorwerfen, du dächtest noch an deinen Ex, wenn dir aus Versehen der vertraute Name über die Lippen kommt ...»

«Mensch, Mona!» seufzte Lona. Sie kam herüber an den Wohnzimmertisch und griff sich eines der beiden vollen Gläser. «Es ist nicht nur derselbe Name, es ist auch derselbe Mann! Mein Exgatte und Erzeuger von Felix.»

Ich starrte sie einen Moment lang sprachlos an. Immerhin hatte Klaus vor sechs Monaten den Scheidungsgrund namens Josefine geehelicht und war seit fünf Monaten stolzer Vater von Zwillingen. Josefinchen war schon völlig hysterisch gewesen, weil sich seine Scheidung von Lona so hingezogen und sie befürchtet hatte, die Zwillinge womöglich unehelich zur Welt bringen zu müssen! Sie stammte aus einer bayerischen Kleinstadt und schleppte noch immer ihre anerzogenen Prinzipien mit sich herum ...

«Da staunst du, was?» Lona lächelte jetzt richtig biestig in ihr Glas hinein, ehe sie es in einem Zug leerte. «Ich fliege mit meinem Exgatten und frischgebackenen Lover nach Australien. Während unser Scheidungsgrund ahnungslos zu Hause sitzt und alle – ich betone alle! – Kinderchen hütet. Praktisch, nicht?»

Ich räusperte mich hektisch. «Seit wann geht das schon mit euch beiden? Oder gab es etwa nie eine Pause?»

«O doch, die gab es! Viele Monate vor der Scheidung bis vor vier Wochen, was denkst du denn?»

«Ich denke, daß du entweder verrückt sein mußt oder durchtrieben und rachsüchtig.»

Lona legte den Kopf in den Nacken und lachte schallend. «Beides Fehlanzeige! Ich habe einfach herausgefunden, wie prickelnd Sex mit Klaus auf einmal wieder ist, jetzt, wo er eigentlich einer anderen gehört. Ihm geht es übrigens genauso, ich meine, er ist richtig verrückt nach mir, seit er mich zurückerobern mußte. Ich habe es ihm ja auch nicht leichtgemacht, das darfst du mir glauben. Und jetzt, wo er am Ziel ist, kann er gar nicht genug kriegen. Außerdem hat Josefinchen anscheinend seit der Entbindung keinen besonderen Appetit mehr auf dem Gebiet.»

«Und du willst dich gar kein bißchen auch an ihr rächen?»

«Ach Gottchen, Rache!» sagte meine beste Freundin leise, «was hätte ich denn davon, hm? Nein, Mona, es ist alles im Grunde ganz einfach. Bei Klaus und mir funkt es wieder – im Bett zumindest. Und ich habe keine Gewissensbisse gegenüber seiner rechtmäßigen Ehefrau deswegen, das ist alles. Solche überflüssigen Gefühle hegte die Lady damals im umgekehrten Fall mir gegenüber ja ebenfalls nicht. Ansonsten will ich ihn ihr auch gar nicht wegnehmen, was sie schon wollte und auch getan hat, wie wir wissen. Ich will jetzt mein Leben genießen als entheiratete Frau. Ich sehe Klaus als meinen Lover, den ich mir nach der Scheidung zugelegt habe. Es hätte auch ein anderer sein können! Aber er hat eben das Rennen gemacht, weil er hartnäckig und zielstrebig vorgeprescht ist. Punkt.»

Ich fing an, mich für Lona zu freuen. Sie schien tatsächlich die Situation im Griff zu haben. Also war alles in Butter, soweit.

«Josefine ahnt nichts?» hakte ich nach. «Obwohl sie auch Felix während eurer Australienreise hüten soll?»

«Klaus muß geschäftlich nach Sydney. Sie käme nie auf den Gedanken, daß er ausgerechnet mich mitnimmt. Außerdem soll ich offiziell vier Wochen zur Kur, meiner angegriffenen Nerven wegen. Die Scheidung und alles, du verstehst? Deswegen habe ich Klaus gebeten, sich in der Zeit um seinen Filius zu kümmern. Was nur recht und billig ist, in Anbetracht der Tatsachen. Tja, da hat Josefinchen gleich zugestimmt. Besitzt ein weiches Herz, das Mädchen. Sie war bloß daran interessiert, ob Klaus die neue Sekretärin – ihre Nachfolgerin in seinem Büro – mitnimmt. Tut er nicht, hat er wahrheitsgemäß beteuert, da war Josefinchen happy. Sie hat mir noch gesagt, ich bräuchte mir wegen Felix überhaupt keine Sorgen zu machen und solle mich gut erholen. Anschließend gab es dann auch kein Problem, als Klaus ihr beichtete, daß er nach Sydney noch einige andere Städte und potentielle Kunden aufsuchen wolle, alles in allem damit vier Wochen unterwegs sei. Sie hat wohl nur ein bißchen geschluckt und schließlich tapfer gelächelt. Das war's, jetzt weißt du alles!» Ich schenkte unsere Gläser wieder voll. Wir stießen an und grinsten uns wie zwei Verschwörerinnen zu. Was wir ja auch waren in diesem Augenblick. Irgendwie.

«Ich wünsche dir jedenfalls eine tolle Zeit, Lona», sagte ich dann herzlich und umarmte sie, «superguten Sex, viel Sonne und Spaß! Das Leben ist so verdammt kurz.»

«Nana!» sagte Lona und sah mir ins Gesicht. «Du wirst doch nicht plötzlich sentimental werden, Mona? So kenne ich dich ja gar nicht ...»

Ich kannte mich schon so! Ich hatte manchmal solche Anwandlungen in letzter Zeit. Allerdings fast nur, wenn ich alleine zu Hause saß und nachdachte, was durchaus häufiger vorkam, als Lona sich vorstellen konnte ... Rasch versuchte ich das Thema zu wechseln.

«Wie geht es Crissy denn momentan? Treibt sie sich wieder in der Weltgeschichte herum?»

«Mhm. Ich sage nur, heiße Badeklamotten und Seychellen. Die Kleine besitzt eine ungeheuere Energie. Sie gönnt sich kaum Verschnaufpausen zwischen den einzelnen Aufträgen.»

«Sie hat anscheinend wirklich Angst, daß sie bald zu alt sein könnte für den Job», sagte ich nachdenklich, «kannst du dich noch an die Bemerkung erinnern, die sie zu dem Thema vor einigen Wochen auf ihrer Geburtstagsparty machte?»

«Ja», Lona lachte, «man hätte fast denken können, sie wäre uralt geworden an diesem Tag, dabei war es gerade mal der vierundzwanzigste Jahresring. Ich war nahe daran, sie zu fragen, ob ich mich mit meinen siebenunddreißig demnächst um einen Platz im Altersheim bemühen sollte. Aber dann habe ich es gelassen, weil sie mir wirklich ein bißchen unglücklich zu sein schien.»

«Eben. Außerdem hat sie in einem Punkt sicher recht. Den Job kann sie in zehn Jahren bereits nicht mehr machen. Und dabei geht mit Mitte Dreißig das Leben doch erst richtig los, wie wir beide feststellen durften. Ich vermute, sie macht sich Gedanken wegen ihrer Zukunft.»

Lona brauste auf. Ihr wunder Punkt war getroffen. «Ich hatte ihr damals abgeraten, die Schule zwei Jahre vor dem Abi zu verlassen, aber sie mußte ja ihren Dickschädel partout durchsetzen. Hätte sie ihre Reifeprüfung in der Tasche, könnte sie jetzt ein Studium beginnen.»

«Hätte und könnte! Hättest du dir in ihrem Alter von jemandem in dein Leben dreinreden lassen? Wenn ich mich richtig erinnere, dann hast du mit knapp neunzehn den ersten mißglückten Eheversuch gestartet. Und als du mit neunundzwanzig Klaus getroffen hast, wolltest du auch niemandem glauben, daß er ein Freund aller Frauen ist. Bis du in Gestalt Josefines feststellen mußtest, daß er sich kein bißchen geändert hatte. Na und? Jede von uns muß ihre eigenen Erfahrungen machen, keine kann und sollte aus zweiter Hand leben ...»

«Hört, hört», unterbrach Lona meinen Redefluß, «du hast ja recht, meine Liebe! Und ich bin bereits wieder dabei, die nächste Dummheit zu begehen, wie es aussieht. Werden wir Weiber eigentlich nie gescheiter, ganz gleich, wie alt wir sind?»

Ich starrte sie nur stumm an. Diese Frage hatte ich mir nämlich gerade in letzter Zeit auch des öfteren gestellt. Eine andere Antwort als «Anscheinend nicht!» war mir aber noch nicht eingefallen. Selbst Annabelle machte wieder und wieder dieselben Fehler in ihren Männergeschichten. Und litt darunter, obwohl sie so ausgeglichen tat nach außen hin, das sexhungrige Weibsbild. Dabei ging es ihr längst nicht nur um die körperlichen Wonnen bei der Liebe, auch wenn sie das steif und fest behauptete. Natürlich war ihr Sex wichtig, aber nett und lieb sollte er schon auch sein, der Kerl in ihrem Bett. Und reden sollte man mit ihm ebenfalls können, hinterher. Und schmusen und turteln und schön ausgehen und dabei ein bißchen angeben mit ihm – genau wie im richtigen Leben eben. Nicht mehr, aber auch nicht weniger. War das denn, bitte schön, zuviel verlangt?

Mit Leander konnte ich reden, ausgehen, auch angeben bei Bedarf. Der Herr Doktor der Physik verfügte neben seiner Intelligenz obendrein über sportliche Ambitionen (obwohl er das mit dem Marathonlaufen für meinen Geschmack übertrieb. Richtig süchtig war er danach!) – bloß im Bett war es mittlerweile fürchterlich langweilig geworden mit ihm. Eine Tatsache, die mir schon zu schaffen machte, obwohl ich das niemals zugegeben hätte, offiziell. Gut, wir waren inzwischen immerhin seit zehn Jahren zusammen, da treten nunmal gewisse Ermüdungserscheinungen auf. Allerdings schien er auf Reisen munterer zu sein als hierzulande, der liebe Leander! Das Päckchen Kondome hatte nicht so ausgesehen, als stamme es noch aus dem letzten Jahrzehnt. Das wäre mir aufgefallen, damals waren die Farben der Verpackungen dezenter. Was er wohl so trieb in fernen Landen und mit wem? Ich stellte fest, daß sich glatt so etwas wie Eifersucht in mir regte bei dieser Frage!

Rasch kippte ich das letzte Glas Prosecco hinunter. Um nichts in der Welt wollte ich heute abend noch den Dingen näher auf den Grund gehen. Erst mal darüber schlafen – so lautete meine Devise stets in unangenehmen oder zumindest ungewohnten Situationen, die ich nicht im Griff zu haben glaubte. Oft sah ja am nächsten Morgen alles schon wieder viel besser aus.

Lona und ich ließen den Abend angenehm ausklingen. Wir blätterten gemeinsam den Modekatalog durch, in dem auch Crissy abgebildet war. Die Aufnahmen waren bereits vor acht Monaten auf Hawaii entstanden. Wir hatten sie alle beneidet um den Trip seinerzeit, aber sie schmollte fürchterlich, weil ihr damaliger Lover hatte nicht nachfliegen und mit ihr seinen Urlaub in Honolulu verbringen wollen. Das hätte ihr die ganze Sache vermiest, erklärte sie uns später. Von dieser Mißstimmung war auf den Fotos allerdings nichts zu bemerken. In einem frechen knallroten, langen Kleid strahlte sie in die

Kamera. Jung, langbeinig, langhaarig und ungeheuer sexy. Es lebe die Werbung! Sie erschuf täglich neu eine perfekte Welt mit perfekten, glücklichen Menschen. Crissy wirkte auf diesen Fotos wie eine Prinzessin von einem anderen Stern auf mich, die ich kannte – ohne Make-up und manchmal so ungeheuer jung wirkend und so ungeheuer verletzlich … Aber dann sagte ich mir, daß ich selbst ja eigentlich auch nichts anderes tat als diese Reklame. In Gestalt der hinreißend schönen Annabelle gaukelte ich meinen Lesern vor, daß im Leben alles zu haben war und das auch noch jederzeit, quasi auf Knopfdruck – Schönheit, Anbetung, Leidenschaft, Sex und manchmal sogar Liebe! Obwohl ich es doch so viel besser wußte, mittlerweile …

«Was ist eigentlich aus Crissys damaligem Freund geworden?» fragte ich Lona, als sie gerade weiterblättern wollte zu den Seiten mit den Dessous, die sie mehr interessierten. Lona arbeitete nämlich seit der Scheidung im Dessous-Laden einer Bekannten. Halbtags, wenn Felix im Kindergarten war. Klaus mußte aber trotzdem ganz schön Unterhalt blechen jeden Monat. Ich war beinahe versucht, ihm zu unterstellen, daß er Lona nur deshalb auf diese Geschäftsreise mitnahm. Damit er auch noch was von ihr hatte und nicht bloß zahlen durfte. Seine derzeitige Ehefrau schien durch das Kinderkriegen ohnehin augenblicklich nicht ständig einsatzbereit zu sein.

«Tom? Mit dem hat sie gleich nach ihrer Rückkehr damals Schluß gemacht, soviel ich weiß. Derzeit bezeichnet sie sich als glücklichen Single. Ein Zustand, der nicht lange dauern wird, wie ich vermute. Jedenfalls ist sie jede Nacht auf der Piste, sofern sie mal hier ist und frei hat.»

«Vielleicht macht sie gerade eine Phase der One-Night-Stands durch«, überlegte ich laut.

«Crissy doch nicht», protestierte Lona sofort, «die sucht den Richtigen! Das hat sie mir selbst erzählt. Am liebsten einen mit Kohle und mindestens zehn Jahre älter als sie. Den Versorger mit breiter Schulter zum Anlehnen und Ausheulen, stell dir das mal vor. In der heutigen Zeit!»

«Die Menschen hören eben nie auf zu träumen!» sagte ich weise. Da fiel mir wieder Annabelle ein …

ZWEI

Annabelle angelte in ihrem Gucci-Täschchen nach der Visitenkarte, die ihr dieser attraktive Typ gestern abend an der Bar noch rasch im Vorübergehen zugesteckt hatte. Eigentlich war sie bereits hundemüde gewesen, aber seine Blicke hatten sie so elektrisiert, daß sie später zu Hause lange nicht einschlafen konnte. Weil sie in ihrem Becken das angenehme Ziehen spürte, das sie immer bekam, wenn ihr nach Sex war. Sie bereute heftigst, bereits so früh aufgebrochen zu sein. Vielleicht wären sie jetzt eben in seiner Wohnung gelandet oder in einem schicken Hotelzimmer. Die Vorstellung alleine ließ ihre Hand auf Wanderschaft gehen, bis sie das Bermuda-Dreieck zwischen ihren Beinen erreichte. Leise stöhnend verwöhnte sie sich selbst. Hinterher konnte sie endlich einschlafen.

Annabelle hatte die Visitenkarte gefunden und zog sie hervor. Sie warf einen Blick darauf: HERBERT STEIGER – klang eigentlich nicht gerade vielversprechend, der Name. Aber diese frechen Augen, dazu der Dreitagebart, der Junge war rein äußerlich betrachtet genau ihr Fall. Sie hatte ja ansonsten keine Gelegenheit gehabt, ihn näher unter die Lupe zu nehmen. Nicht einmal ein paar Takte hatte sie mit ihm gesprochen. Somit kannte sie auch seine Stimme nicht. Dabei war Annabelle eine Verfechterin der These, daß das Sprechorgan eines Mannes viel mehr über ihn verriet als sein Riechorgan. Die Beschaffenheit des letzteren ließ angeblich, dem Volksmund nach, Rückschlüsse auf sein bestes Stück zu. Annabelle hatte aber in langjährigen Studien festgestellt, daß die Stimme viel eher Hinweise auf seine Qualitäten als Liebhaber zu liefern vermochte. War sie dunkel, voll und warm, durfte frau das Beste erhoffen.

Annabelle warf einen Blick auf ihre Armbanduhr. Es war jetzt fast Mittag und Donnerstag dazu. Kaum anzunehmen, daß der Mann zu Hause war um diese Zeit an einem gewöhnlichen Wochentag. Falls doch, konnte sie, wenn sie wollte, einfach wortlos wieder auflegen. Aber natürlich wäre es besser, es liefe sein Anrufbeantworter. Dann könnte sie sich in aller Ruhe auf Stimme und Text konzentrieren, eventuell das Ganze gleich noch einmal wiederholen und anschließend entscheiden, ob sich eine persönliche Kontaktaufnahme lohnen mochte. Annabelle haßte es, unnötig Zeit zu verplempern. Dazu war das Leben entschieden zu kurz.

Am anderen Ende klingelte es fünfmal, ohne daß abgenommen wurde. Dann folgte ein kurzes Knacken in der Leitung, und Annabelle lächelte zufrieden. Klappte alles nach Plan.

«Hallo! Ich bin momentan nicht zu Hause. Sie können mir aber eine Nachricht auf Band hinterlassen, falls Sie möchten. Ich rufe Sie dann baldmöglichst zurück ...» Pause, wieder ein Knacken, dann der Piepston.

Annabelle legte den Hörer auf. Mit einem raschen Ruck zerriß sie das Visitenkärtchen. Leb wohl, Herbert Steiger! Einstiegstest nicht bestanden! Die Stimme hatte für Annabelles Geschmack zu hoch und zu dünn geklungen, außerdem schwäbelte der Knabe deutlich hörbar, obwohl er sich bemühte, reines Hochdeutsch zu sprechen. Annabelle mochte es nicht, wenn ein Mann Dialekt sprach. Sie fand das unerotisch. Und dann der einfallslose Nullachtfuffzehn-Text! Dreimal Daumen runter für Herbert Steiger! Da nutzten ihm sein langwimpriger Schlafzimmerblick und der Dreitagebart auch nichts. Bei Nacht sind schließlich alle Kater grau. Annabelle war sich sicher – es wäre reine Zeit- und Energieverschwendung, den Mann näher kennenlernen zu wollen. Schwamm drüber! Für heute abend würde sie sich lieber mal wieder mit Ferdinand verabreden, da wußte sie wenigstens, was sie hatte …

Ferdi klang reichlich verschlafen, als er sich endlich meldete. Das machte seine Stimme sogar noch unwiderstehlicher. Er wirkte jedoch schlagartig hellwach, als er Annabelle erkannte.

«Honey», er lachte leise und heiser, «was für eine nette Überraschung am frühen Morgen. Ich könnte dich glatt auf der Stelle» – kleine Pause – «du weißt, was …?»

«Ja», gurrte Annabelle, «aber du wirst dich gedulden müssen, mein Lieber, bis heute abend! Was machst du eigentlich um diese Zeit noch im Bett?»

«Träumen, und zwar von dir!» ertönte es schlagfertig. «Honey, du hast mir so gefehlt die ganze Woche. Komm, laß uns ein bißchen telefonsexen. Es macht mich verrückt, bloß deine Stimme zu hören.»

Annabelle ärgerte sich beinahe, als sie merkte, daß ihr Seidenslip bereits feucht war. Dieser verdammte Kerl mit seiner kratzigen Samtstimme verstand es tatsächlich, sie selbst am Telefon innerhalb von zwei Minuten von null auf hundert zu jagen. Ihr Puls flog, der Atem ging heftiger, und dabei hatte sie sich doch geschworen, ihm gegenüber in Zukunft viel cooler zu bleiben und aufzutreten. Es war schon schlimm genug, daß sie es nicht geschafft hatte, auf seinen Anruf zu warten. Diesmal wäre er nämlich mal wieder an der Reihe gewesen, das nächste Treffen einzuleiten. Natürlich mochte er es lieber, wenn sie den ersten Schritt tat. Tief in seinem Inneren war er nämlich ein ausgekochter Macho, der gute Ferdi, das wußte Annabelle schon längst. X-mal hatte sie in den letzten beiden Jahren versucht, mit ihm Schluß zu machen, als ihr dämmerte, daß er keineswegs gewillt war, ihre beiderseitige Beziehung verbindlicher zu gestalten. Außerdem hatte sie ihn im Verdacht, daß er nebenher so einiges andere am Laufen hatte. Schließlich war er ein Charmeur ersten Ranges und abends viel unterwegs. Allein oder mit Freunden. Mit Annabelle auch, aber längst nicht immer! Dafür besaß sie allerdings auch die Freiheit, zu tun und zu lassen, was sie wollte. Und das wiederum schätzte sie durchaus. Außerdem wurde ihr Ferdi auf diese Weise auch nicht langweilig. Selbst der Sex mit ihm gestaltete sich von Mal zu Mal aufregender. Wo doch jeder wußte, daß bei vielen Paaren nach zwei Jahren durchaus bereits die ersten Ermüdungserscheinungen auf dem Gebiet auftraten!

Eigentlich, sagte sich Annabelle, eigentlich durfte sie sich also wirklich nicht beklagen. Und dann stieß sie ja selbst auch keinen knackigen Burschen von der Bettkante, wenn sich eine günstige Gelegenheit ergab. Trotzdem hätte sie Ferdi gerne ein bißchen fester an die Leine gelegt! Weil er einfach der beste Lover war, den sie kannte, und diese verdammt sexy Stimme besaß. Da, jetzt zitterten auch noch ihre Knie, bloß weil er sie eben aufgefordert hatte, ihre Finger in ihr Höschen zu schieben ... Der verdammte Mistkerl!!!

«Stopp!» sagte Annabelle so kühl wie möglich. «Ich muß

jetzt los zu einem wichtigen Termin. Ich bin dann heute abend so gegen acht bei dir, okay?»

«Wie Madame wünschen! Und laß die Unterwäsche zu Hause. Ich will, daß du ohne was drunter in diesem engen schwarzen Kleid hier auftauchst, Honey, du weißt schon …»

«Bye-bye, bis später», lachte Annabelle.

«Ohne Slip, Baby, ohne Slip, hörst du?»

Annabelle legte schnell auf. Einen Moment lang mußte sie sich an die Wand in ihrem Schlafzimmer lehnen, bis sie sich wieder in der Gewalt hatte. Dann marschierte sie ins Bad, um sich fertigzumachen. Der Blick in den Spiegel zeigte ihr ein strahlendes Augenpaar, die Lippen glänzten und wirkten voll, ganz ohne Lipgloss oder Farbe. Bereits ein kurzes Telefonat mit dem verdammten Kerl zeigte diese Wirkung. Annabelle wußte zudem aus Erfahrung, daß, wenn sie frisch aus Ferdis Bett kam, ihre Haut rosig und ihr ganzer Körper straff war und wie von innen heraus zu glühen schien. Die Hormonausschüttung mußte ungeheuer stark sein, wenn sie mit ihm schlief. Nur so konnte sie sich diese Phänomene erklären. Aus anderen Betten kam man als Frau oftmals zerknittert und fleckig herausgekrochen, froh, in der Handtasche die Notration Make-up deponiert zu haben. Bei Ferdi war Annabelle das noch nie passiert. Vielleicht war es das, was sie davon abhielt, ihm den eigentlich längst fälligen Laufpaß zu geben!

Aufatmend lehnte ich mich zurück, dehnte und streckte meine Arme, bewegte die verspannten Schultern. Schreiben am Computer strengte mich immer an. Die Tipperei, das Flimmern des Monitors, und dann mußte ich mich außerdem ungeheuer konzentrieren, um Annabelles Abenteuer möglichst farbig, spannend und erotisch zugleich zu gestalten. Aber das machte auf der anderen Seite natürlich auch großen Spaß, ich durfte mich eigentlich nicht beklagen. Annabelle konnte all das tun und ausleben, was ich mir im realen Leben oft genug schamhaft verkniff. Allerdings hatte ich gerade in letzter Zeit die Erfahrung gemacht, daß ich in dem Maße, in dem Annabelle draußen bei den Leserinnen immer beliebter wurde, auch selbst mehr aus mir herausging und ständig selbstbewußter und sogar flirtbereiter auftrat. Annabelle schien mein Privatleben zu bereichern. Je aufregender die Abenteuer waren, die ich ihr auf den Leib schrieb, desto interessanter schien auch mein eigenes Leben zu werden. Da war eine regelrechte Wechselwirkung im Gange! Eigentlich fast ein Thema für eine wissenschaftliche Untersuchung, überlegte ich jetzt, während ich noch meine Dehnübungen machte. Zumindest könnte glatt ein neues Buch aus dieser Erkenntnis werden! Vielleicht sollte ich neben dem Schreiben anfangen, ein Tagebuch zu führen ... Während ich noch über diese Idee nachsann, klingelte das Telefon.

«Hallo, Mona», sagte Leanders Stimme, «ich habe gestern den ganzen Abend über versucht, dich zu erreichen.»

«Ich war unterwegs!» Ich verschwieg absichtlich, daß ich nur bei Lona gewesen war, und hüllte mich lieber in diese vage Andeutung. Er konnte ja nachfragen, wenn er es genauer wissen wollte. Trick Numero 112 – «Wie mache ich mich interessant ...» Annabelle spielte dieses Spiel auch gerne mit Ferdi.

Aber Leander fragte nicht nach. Sah ihm mal wieder ähnlich. Interessierte ihn anscheinend nicht, wo ich gesteckt hatte!

«Hör zu», sagte er, «ich bin immer noch in Chicago. Morgen fliege ich dann zu diesem Physiker-Kongreß an die Westküste. Jetzt hat mir ein Kollege aber erzählt, daß Ende nächster Woche auf Hawaii ein Marathonlauf stattfindet. Den würde ich gerne mitnehmen. Ich habe mir gedacht, ich fliege rüber, das sind von San Francisco aus nur knappe fünf Stunden. Wenn ich schon mal in dieser Ecke der Welt bin, haha ...», er räusperte sich, ich schwieg beharrlich. Was sollte ich auch dazu sagen? Mein Typ war in der Weltgeschichte unterwegs, ich saß alleine in München, wie meistens, wo lag das Problem? Es gab Schlimmeres ...

«Hallo, Mona? Bist du noch da?»

«Aber klar, ich höre dich gut. Die Verbindung ist super, als ob du neben mir stündest.» Ich machte auf gute Laune, tat souverän und überlegen. Er sollte ja nicht glauben, ich säße hier ohne ihn einsam und traurig herum. Ich genoß mein hochinteressantes Leben in vollen Zügen, jawohl!!

«Ja also, ich habe mir nämlich gedacht, du hättest vielleicht Lust, nach Hawaii nachzukommen.»

Hatte er sich nämlich gedacht! Soso ... Kannte der Herr vielleicht am Ende doch solche Gefühle wie Sehnsucht? Das war mir neu, rührte mich irgendwie. Oder hatte er ein schlechtes Gewissen?

«Wie stellst du dir das vor?» hakte ich vorsichtig nach. «So ein Flug ist teuer, außerdem habe ich berufliche Termine, ich muß schließlich Geld verdienen.»

Er ging nicht näher auf diese Einwände ein. Hinterher, als ich die Szene noch einmal überdachte, wurde mir auch klar, warum! Leander mußte sich den Spruch tausendmal überlegt haben, ehe er ihn gezielt auf mich abschoß. Erst einmal in Fahrt, konnte er sich natürlich nicht von seiner einmal eingeschlagenen Bahn ablenken lassen. Das entsprach nicht seiner naturwissenschaftlich geprägten Denk- und Vorgehensweise.

Ich hörte ihn tief Luft holen, dann kam es: «Ich hatte mir gedacht, dies wäre dann auch gleich eine günstige Gelegenheit, um endlich zu heiraten. Du wolltest doch immer eine romantische Hochzeit. Wenn schon, denn schon, hast du einmal gesagt.» (Richtig, aber das war vor acht oder neun Jahren, mein Lieber! Damals war ich beträchtlich jünger, unerfahrener, und wir kannten uns erst kurze Zeit!) Leander schien gar keine Antwort zu erwarten, für ihn war die Sache also bereits klar und abgemacht: «Auf Hawaii kann man ohne große Vorbereitungen relativ kurzfristig heiraten. Du darfst nur deine Geburtsurkunde nicht vergessen. Einen Reisepaß brauchst du sowieso, damit wären die wichtigsten Papiere bereits vorhanden. Ich hole dich am Flughafen in Honolulu ab, kümmere mich um ein nettes Domizil, du brauchst bloß einen Flug zu buchen.»

«Nein», sagte ich schärfer, als ich gewollt hatte, «nein, so läuft das ganz bestimmt nicht, Leander.»

«Aber wieso ...» Er schien ehrlich verblüfft zu sein.

«Weil ich es so nicht will», beharrte ich, «ich weiß nicht einmal genau, warum, aber mein Bauch sagt mir einfach, ich solle die Finger davon lassen. Und du weißt, auf meine innere Stimme ist Verlaß, ich ...»

«Herrgott, Mona!» jetzt klang er verärgert. «Spiel nicht wieder kleines Mädchen. Irgendwann müssen wir doch einmal wissen, was wir wollen.»

«Eben. Ich weiß es ja. Ich will nicht. Jedenfalls nicht so. Und schon zweimal nicht, wenn du mir so einen Quasi-Antrag am Telefon machst. Außerdem» – jetzt war ich an der Reihe mit tief Luftholen – «außerdem ist dein verschwundener Koffer wiederaufgetaucht. Du weißt schon, er war weg, als du letztes Jahr in New York bei diesem großen Marathonlauf warst.»

«Zufälle gibt es. Na schön, aber was hat dieser Koffer mit meinem Vorschlag zu tun?»

Vorschlag nannte er seinen Quasi-Antrag also! «Ich schlage vor, Madame, daß wir baldmöglichst heiraten ...» Hurra!

«Er hat insofern damit zu tun, als ich in seinem Inneren eine Packung Kondome gefunden habe. Und ich frage mich natürlich, was du mit den Dingern wolltest. Ich meine, bei mir weigerst du dich, welche zu verwenden, obendrein war ich in New York wie meistens auf deinen Reisen nicht mit von der Partie, also ...»

«Na schön», sagte Leander, «wenn du so anfängst, lassen wir das Ganze eben, Mona. Ich hatte gedacht, ich würde dir eine Freude machen. Aber wenn du die Sache natürlich so siehst! Ich sage dir nur eines – du kannst von heute an lange auf gewisse Dinge warten. Außerdem muß ich jetzt auflegen, es ist hier mitten in der Nacht, und ich bin hundemüde. Zurückerwarten kannst du mich erst in knapp drei Wochen. Ich habe nämlich nicht vor, mir Hawaii durch deine Launen vermiesen zu lassen. Gute Nacht.»

«Gute Nacht», murmelte ich, obwohl es bei mir heller Morgen war. Es sollte versöhnlich klingen, aber vermutlich hatte Leander es schon nicht mehr gehört. Langsam legte ich den Hörer auf.

Er war beleidigt, soviel war klar. Und die Sache mit den Kondomen mußte ja auch gar nichts zu bedeuten haben, einerseits. Zumindest hätte ich es ihm nicht so harsch entgegenzuschleudern brauchen. Andererseits war ich verletzt, durch die Art und Weise, wie er seinen Heiratsantrag – oder was auch immer das eben gewesen sein mochte – vorgebracht hatte, und überhaupt! In letzter Zeit waren so viele Dinge in unserer Beziehung nicht mehr richtig rundgelaufen. Und er schien es nicht einmal zu bemerken. Oder glaubte Leander am Ende, ein Trauschein wäre die Lösung für alle Probleme?

Ich legte den Kopf auf meine Arme, direkt neben dem laufenden Computer – und heulte ein bißchen. Das mußte jetzt einfach sein. Denn ich fühlte, etwas war mit diesem Telefongespräch eben unwiderruflich zu Ende gegangen. Ganz gleich, wie lange ich noch mit Leander zusammenbleiben mochte nach seiner Rückkehr, etwas war endgültig zerbrochen. Da war ich mir völlig sicher.

Nach einem kleinen Weilchen versiegten die Tränen von selber. Ich fühlte mich innerlich nur noch leer. Also schaltete ich den Computer aus. Für Annabelles erotischen nächtlichen Ausflug zu Ferdi fehlte mir jetzt die nötige Konzentration. Oder anders ausgedrückt, ich war absolut nicht in der Stimmung, eine gelungene Sexszene zu entwerfen. Leanders Gesicht schob sich vor mein inneres geistiges Auge, und damit war die Sache erledigt. Hätte ich mich noch an einem anderen Liebhaber erfreuen können, ich hätte ihn jetzt bestimmt angerufen. Bloß um mich wieder in Stimmung bringen zu lassen! Zwei Männer braucht die Frau also, dämmerte es mir in diesem Moment, mindestens ... Mit einem hatte man erfahrungsgemäß sowieso immer gerade Ärger!

Ich ging ins Badezimmer und betrachtete mich im Spiegel. Rotgeweinte Augen, trauriger Gesichtsausdruck, hängende Mundwinkel, die ersten feinen Fältchen ...

«Verdammt», sagte ich laut, «doch nicht wegen einem Mann, das lohnt sich nicht, das müßtest du mittlerweile wissen ...» Aber es half nichts, eine dumpfe Traurigkeit schnürte mir die Kehle zu. Zehn Jahre waren eben nicht mittels eines zehnminütigen Heulkrampfes aus der Welt zu schaffen. Außerdem war ich keine fünfundzwanzig mehr. Damals hatte ich noch geglaubt, die Welt läge mir zu Füßen. Heute wußte ich, nicht einmal der Mann, der mir vorhin einen Antrag gemacht hatte, lag dort. Zu meinen Füßen, meine ich. Damit war wieder eine der Seifenblasen geplatzt, die ich noch aus meinen Jungmädchentagen herübergerettet hatte. Jetzt wurde es allmählich wirklich knapp.

Ich machte mir kalte Kompressen für die Augen und schminkte mich anschließend sorgfältig, stylte die Haare und zog ein leichtes Kleid an. Ich guckte wieder in den Spiegel und gefiel mir tatsächlich. Na also! Allerdings war diese blöde Traurigkeit noch immer da. Jetzt hockte sie wie eine Nebelkrähe auf meiner Schulter und plusterte das Gefieder auf. Ich beschloß, sie da hocken zu lassen, trotzdem ins nächste Straßencafé zu gehen und mir ein kleines, feines Mittagessen zu leisten. Schließlich hatte ich heute schon dem Mann meines Lebens einen Korb gegeben, das war doch ein Grund zum Feiern. Er wollte mich, aber ich ihn nicht – vielleicht sollte ich es wirklich so sehen, denn so war es! Eine emanzipierte berufstätige Frau von heute, wie ich eine war, brauchte wirklich nicht den ersten besten zu nehmen, oder? Na eben.

D R E I

DREI

Ich saß gerne in Straßencafés. Am liebsten alleine. Man bekam ungeheuer viel mit. Dabei war die dunkle Sonnenbrille auf der Nase ein Muß. Es brauchte nicht jeder zu wissen, wohin man seine Blicke gerade lenkte. Gute Ohren waren ebenfalls sehr nützlich. Dann gab es viel – nennen wir es ruhig beim Wort – zu belauschen. Die zwei Freundinnen am linken Nebentisch redeten ausführlichst über den Liebhaber der einen, die offenbar verheiratet war, also zweigleisig fuhr. Die drei Typen auf der anderen Seite hechelten die vorbeiflanierenden Frauen durch …

Heute war mir allerdings nicht so sehr nach Recherche zumute. (Für mich war es nämlich normalerweise Arbeit, nicht Freizeit, wenn ich solche Örtlichkeiten aufsuchte. Schließlich mußten für Annabelle neue Ausgangssituationen gefunden werden!) Ich grübelte über mein Verhältnis zu Leander nach. Seit Jahren hatte ich darauf gewartet, daß er mich endlich fragte. Obwohl ich mich nie um eine Heirat gerissen hatte. Trotzdem, gefragt worden wäre ich schon ganz gerne, einmal wenigstens. Und dann war es heute passiert. Aber wie er es gemacht hatte, das grenzte schon ans Abenteuerliche. Per Ferngespräch aus USA, und eine Frage war es im eigentlichen Sinne auch nicht gewesen. Eher eine Feststellung –

«Ich finde, wir sollten heiraten ...» Oder bildete ich mir das bloß ein? Ich mußte immerhin zugeben, daß ich voreingenommen war, was Leanders Absichten und Hintergründe anbelangte. Ich kannte ihn einfach zu gut und zu lange, um mir noch Illusionen zu machen. Vor allem kannte ich Leanders ganz eigene Denkweise und Logik. Er war zwei Jahre älter als ich, wurde demnächst zweiundvierzig. Er war der Typ Mann, der gerne alles in seinem Leben einem festgefügten Plan folgen ließ. Zufällige, überraschende und spontane Entscheidungen haßte er. Vor allem was die wichtigsten Eckdaten in seinem Lebenslauf betraf. Ich war mir sicher, er fand, es wäre höchste Zeit für ihn (und für mich erst recht, in meinem Alter!) zu heiraten! Um seinen Vierzigsten herum hatte er mal so eine Andeutung gemacht. Ich konnte damals heraushören, daß er geplant hatte, bis fünfundvierzig die Familiengründung abgeschlossen zu haben. Ein Kind wollte er schon, vielleicht auch zwei, aber mindestens eines – «Damit man weiß, wie das ist, das mit dem Kinderhaben» –, also mußte er sich allmählich ranhalten. Und ich sowieso, schließlich war ich eine Frau, da tickte bekanntlich die biologische Zeitbombe.

Kindmachen, Lieferzeit, Erholungsphase dazwischen für die Brutstätte (ich?) und erneuter Start in die zweite Runde verschlangen gut und gerne 24 Monate, wenn alles gutging! Daß Leander viel beruflich unterwegs war, war als Handicap einzuplanen. Koitusfrequenz mit der Brutstätte oft nur zweimal pro Monat, wie die Erfahrung der letzten Jahre gezeigt hatte. Ob die fruchtbaren Tage der Brutstätte genau auf die Anwesenheitstermine des Herrn Doktors fielen, war des öfteren fraglich. Also

12 Monate Fehlversuche einplanen. Machte summa summarum 36 Monate, also drei Jahre. 42+3 macht 45. Auf die Plätze, fertig, los ... Im Terminkalender eintragen: «Mona anrufen, Hochzeitstag festlegen» – das Ganze rot umrandet – NICHT VERGESSEN

Ich wußte schon, daß andere Damen, die Leander von beruflichen und gesellschaftlichen Veranstaltungen her kannten, entzückt gewesen wären über seinen Quasi-Antrag. Überhaupt über sein ganzes zielstrebiges Vorgehen, das zeigte, daß der Mann wußte, was er wollte. In jeder Lebenslage.

Das Problem, das Leander nicht eingeplant hatte, war allerdings der menschliche Faktor. Die Tatsache zum Beispiel, daß ich eine hoffnungslose Romantikerin war. Es war mir zwar durchaus klar, daß viele Leute auch heute noch (früher war das sowieso der Hauptgrund) aus praktischen Erwägungen heirateten. Und wenn es bloß wegen der Steuerklasse war. Eine Ehe war immer zuallererst auch oder gerade ein Mini-Unternehmen, gegründet, um damit wirtschaftliche Vorteile zu erlangen und den Erhalt der Art zu sichern. Punkt.

Trotzdem – ich besaß nun einmal einen stahlharten Dickschädel. So wollte ich das nicht! Nicht für mich! Mochten andere tun und lassen, was sie wollten, ich wartete, falls ich überhaupt heiratete, auf die große Liebe, das grenzenlose Vertrauen, die große körperliche Leidenschaft. Wieder Punkt. So war ich eben. Total hoffnungslos. Aber nur so konnte ich, das war mir auch klar, wirklich leben und nicht nur gelebt werden! Und auch schreiben, denn schreiben war mir sehr wichtig. Seit Jahren träumte ich davon, endlich den vor Witz, erotischer Raffinesse und Lebenserfahrung sprühenden Zeitgeistroman zu schreiben. Alles das wußte Leander, zumindest theoretisch. Praktisch interessierte es ihn nicht die Bohne. Er würde mir ein Kind verpassen, und damit wäre die Sache ohnehin erledigt. Ich war in seinen Augen ein Spätentwickler, dem erst allmählich der wahre Ernst des Lebens dämmerte. Sein Pech, daß der Herr Doktor zwar viel von Physik, aber nichts von Psychologie verstand. Sonst hätte er zumindest ahnen können, daß der Mensch sich nicht grundlegend ändert, jedenfalls nicht auf Dauer. Trotzdem, irgendwie liebte ich Leander dennoch, auf meine Weise. Manchmal war es auch richtig nett mit ihm. Manchmal hatten wir schöne Reisen zusammen gemacht. Manchmal war der Sex mit ihm sogar gut. Und manchmal haßte ich ihn auch. Dafür, daß er die Welt mit so gänzlich anderen Augen betrachtete als ich es tat. Und daß er seine Betrachtungsweise für die einzig richtige hielt. Daß er mich oft mit dieser gönnerhaften Nachsicht behandelte, die andere Frauen reizend und charmant fanden, mich aber auf Dauer zur Weißglut trieb. Jetzt, im Straßencafé mitten in Schwabing, war mir deshalb völlig klar, warum ich ihn vorhin am Telefon hatte abblitzen lassen! Und daß ich richtig gehandelt hatte, ganz in meinem ureigensten Interesse. Warum hätte ich dann trotzdem schon wieder heulen können?

«Hi, Mona, was für eine Überraschung!» Eine helle Frauenstimme riß mich aus meinen Betrachtungen. Ich traute meinen Augen kaum, denn vor mir stand leibhaftig Crissy, Lonas kleine Schwester. Im Schlabberlook wie üblich, wenn sie frei hatte. Ungeschminkt, das blonde, lange Haar strähnig. Trotzdem sah sie zum Anbeißen aus. Süß, jung und gar nicht unschuldig mit den großen blauen Augen in die Welt blickend. Crissy war der Typ Frau, die wußte, was sie wollte, und das strahlte sie auf selbstverständliche Weise auch aus.

Sie ließ sich, ohne zu fragen, auf den einzigen freien Stuhl an meinem Tisch fallen: «Uff, ich bin heute morgen erst aus dem Flieger geklettert. Lona war nicht zu Hause, da habe ich mein Gepäck bei ihrer Nachbarin abgestellt, und jetzt bin ich hier. Ist das super, wieder mal in München zu sein. Und was treibst du so?» Sie starrte mir neugierig ins Gesicht. Langsam nahm ich die Sonnenbrille ab. Crissy sah mir kurz in die Augen und meinte dann: «Ach, Ärger mit Leander? Warum gibst du ihm nicht endlich den Laufpaß, Mona?»

«Du hast ihn wohl noch nie leiden können, was?» Ich lächelte ihr zu, um ihr zu zeigen, daß ich ihr deswegen nicht böse war. Obwohl Crissy so was wohl kaum berührte.

«Nicht leiden können würde ich nicht sagen. Er paßt einfach nicht zu dir. Er macht dich nicht glücklich, das merkt ein Blinder. Was du brauchst, Mona, ist ein ungewöhnlicher Typ Mann, kreativ, einfallsreich, jedenfalls kein Spießer. Du wirkst oft, wenn man dich alleine trifft, so jung, so voller Lebensfreude. Mit Leander an deiner Seite dagegen kommst du ziemlich unnahbar rüber, manchmal fast abweisend. Und du siehst dann immer irgendwie gestreßt aus.»

Ich versuchte rasch das Thema zu wechseln. Es war mir auf merkwürdige Weise unangenehm, mit dieser so viel jüngeren Frau hier über Leander und mich zu reden. Obwohl das, was sie eben gesagt hatte, eine scharfe Beobachtungsgabe verriet. Crissy war viel reifer, als man das rein ihrem Alter nach erwartet hätte.

«Ich war erst gestern abend bei Lona», sagte ich, «wir haben auch über dich gesprochen. Du warst auf den Seychellen? Sicher wunderschön da ...»

Crissy zuckte nur mit den Schultern. «Es ging so. Die meiste Zeit hat es geregnet. Kommt dort öfter vor. Ansonsten ist nicht viel los, lauter langweilige Touristen, Strand und Meer. München ist viel interessanter.»

Die welterfahrene, moderne Frau von heute hatte gesprochen.

Ich wußte nicht, was ich darauf sagen sollte, also schwieg ich lieber. Hauptsache, das Thema Leander war fürs erste geschickt umschifft.

«Du solltest mal wieder alleine in Urlaub fahren, Mona. Dir die Welt und vor allem die Männer ansehen! Lona übrigens auch, die muß ihren Klaus endlich vergessen ...» Crissy gab so leicht nicht auf. «Ich meine, ihr seid beide attraktive Frauen, gescheit, humorvoll und charmant, ihr könntet ...» Sie brach ab, weil in diesem Augenblick ein seltsames Exemplar der Gattung Mann auf der Bildfläche aufgetaucht war. Der Mensch trug einen Vollbart im Gesicht, der nur vage ahnen ließ, daß der Mann auch einen Mund besitzen mochte. Das kräftige dunkelbraune, halblange Haar war wild gelockt, um die Stirn trug er ein buntes Band, wie ein Bilderbuch-Indianer. Er steckte in einer dunkelbraunen, speckigen Lederhose, als Gürtel hatte er einfach ein Ding, das aussah wie ein Hanfseil, durch die Schlaufen des Hosenbundes gezogen und vorne verknotet. Ein cremefarbenes Leinenhemd mit aufgekrempelten Ärmeln und offen bis zum

Bauchnabel rundete die Erscheinung ab. Unter dem linken Arm schleppte er ein größeres zusammengerolltes Bündel mit sich herum. Er sah aus wie ein Penner, der für eine Modereportage als Hintergrundmotiv herhalten sollte und deshalb aufgestylt worden war.

«Henry, der Clochard!» jubelte Crissy, sprang auf und hing dem Knaben auch schon um den Hals. Bussi links, Bussi rechts. «Hey, wie geht's dir denn, Henry? Alles klar?»

«Alles klar! Hallo Mädels!» erklang seine tiefe Stimme, «macht euch wohl einen schönen Tag, was?» Er drückte die streichholzdünne Crissy an seine breite, muskulöse Brust und zwinkerte mir gleichzeitig mit einem Auge zu. Er grinste dabei und entblößte eine Reihe strahlendweißer Zähne mitten im Dickicht seines Vollbartes.

Ich mußte lachen. Eigentlich mußte ich immer lachen, wenn ich Henry irgendwo in der Stadt begegnete. Er war ein verrückter Hund, lebte angeblich auf der Straße, aber man sah ihn nie zusammen mit anderen Pennern. Auch suchte er deren bevorzugte Schlafstätten nicht auf. Dafür tauchte er jeden Abend in einem anderen In-Lokal auf, wo er immer jemanden kannte, der ihm einen ausgab. Er roch stets nach Rasierwasser (oder war es ein Herrenparfüm?), jedenfalls niemals nach Straßenleben oder Kneipenduft. Tagsüber sang er gerne in den Straßen und Parks, manchmal in der Fußgängerzone, aber dort vertrieb ihn meistens bald eine Polizeistreife. Es hieß, er habe viele Gönner unter den Gutbetuchten dieser Stadt, die steckten ihm schon mal abgelegte Designerklamotten und auch Bares zu. Einer soll ihn sogar einmal auf seine Segelyacht nach Südfrankreich mitgenommen haben. Henry blieb aber bloß eine Woche, er hatte keine Lust, an Bord die Drecksarbeiten wie Deckschrubben oder Kombüseputzen zu erledigen. Da war es mit der Gastfreundschaft des reichen Mannes anscheinend auch schlagartig vorbei gewesen.

«Komm, setz dich zu uns, Henry!» Crissy hatte sich bereits einen freien Stuhl vom Nebentisch gekrallt, auf dem Henry jetzt mit einem tiefen Seufzer zwischen uns Platz nahm. «Ich lade dich zu einem Bierchen ein.»

Henry nahm es gelassen. «Gott wird es dir dereinst vergelten, mein Kind!» Er grinste und zwinkerte wieder mit einem Auge, diesmal in Crissys Richtung. Ich wurde das Gefühl nicht los, daß er uns auf den Arm nahm. Aber auch das gehörte zu Henry, dem Clochard. Man wurde einfach nicht schlau aus ihm. Denn daß er Alkoholiker war, daran bestand kaum ein Zweifel. Er trank eigentlich den ganzen Tag, und manchmal schlingerte er am späten Nachmittag in bedenklicher Schräglage auf die nächste Parkbank zu, um sich dort hinzulegen. Trotzdem fiel er auch dann nicht unangenehm auf, er pöbelte auch nie jemanden an. Und dann redete er öfters so hochgestochenes Zeugs daher, daß man sich unwillkürlich fragte, ob er die alten Klassiker studiert haben mochte. Hin und wieder ließ er auch gerne ein Shakespeare-Zitat in eine Unterhaltung einfließen. Das wußte ich von Lona, sie hatte es mit eigenen Ohren gehört.

Crissy winkte der Bedienung und bestellte, ohne Henry zu fragen, ein Weizenbier mit Hefe. Sie schien mit seinen Vorlieben bestens vertraut zu sein. Derweil wuchtete Henry sein sperriges Gepäck unter seinen Stuhl.

«Was schleppst du denn da für Klamotten mit dir herum, Henry?» Crissy grinste mich an, die ich noch kein Wort gesagt hatte, seit Henry aufgetaucht war. Ich mußte mich beherrschen, ihn nicht ständig anzustarren. Henry war für mich nämlich quasi eine lebende Romanfigur, eine Gestalt, die gleichzeitig unwirklich und doch real war. Eines Tages, das hatte ich mir fest vorgenommen, würde ich ihn bitten, mir etwas mehr aus seinem früheren Leben zu erzählen. Und warum er auf der Straße lebte. Im besten Mannesalter, er mußte ungefähr vierzig sein, wie man hörte, und gesund und kräftig dazu. Ich hätte viel darum gegeben, hinter das Geheimnis zu kommen, das in dieser Figur steckte, stecken mußte. Eines Tages würde ich ihn bitten, mir alles zu erzählen – und es dann aufschreiben! Aber nicht gerade heute, unter Crissys Augen und mit dem Leander-Problem am Hals. Heute war ich nicht in Stimmung …

Henry murmelte etwas Unverständliches in seinen Bart.

Crissy lachte. «Ich habe kein Wort verstanden, du etwa, Mona?»

«Ich habe nur Oskar herausgehört.»

«Also schön», seufzte Henry, «ihr gebt ja doch keine Ruhe! Oskar wird mir zwar eine Szene machen, wenn ich jemandem davon erzähle, das Ding ist nämlich sozusagen noch in der Testphase. Er hat es mir geschenkt, es stammt aus der neuesten Kollektion, die er im Herbst vorstellen will.»

Crissy war wie elektrisiert. «Oskar Schlummer? Du redest von Oskar, meinem Oskar?»

«Dein Oskar, Crissy?» Jetzt war ich auch in die Unterhaltung eingetreten. Denn es schien plötzlich interessant zu werden. Schließlich war Oskar Schlummer der ungekrönte Modezar dieser Stadt. Außerdem war er mindestens fünfundfünfzig und bekanntermaßen bisexuell. Und den bezeichnete Crissy als «meinen Oskar»?

Aber dann fiel mir schlagartig wieder ein, daß Lona irgendwann mal erzählt hatte, wie Crissy von eben jenem Oskar Schlummer mitten in Schwabing auf der Straße entdeckt worden war. Da war sie knappe siebzehn gewesen. Einige Wochen später hatte sie die Schule geschmissen und war mit Oskar nach Mailand gefahren, wo sie eine Model-Ausbildung verpaßt bekam und direkt auf den Laufsteg geschickt wurde.

«Mein Entdecker und Mäzen, ja!» erklärte Crissy prompt hoheitsvoll. «Oskar und ich, wir lieben uns, Mona, wußtest du das nicht?» Sie grinste verschmitzt und ein wenig spöttisch dazu, und damit war endgültig alles klar. Die Kleine hatte natürlich nichts mit dem alternden Modedesigner, sie hing einfach an ihm. Er war wohl eine Art Vaterersatz für sie geworden.

«Und wenn schon, Mona», meldete sich meine innere Stimme zu Wort, «selbst wenn sie etwas mit ihm hätte, wäre es auch Crissys Bier. Sie ist erwachsen. Und du, Herrgott noch mal, bist doch sonst nicht so spießig. Du wirst bald wie Leander sein, wenn du so weitermachst. Dann paßt ihr beiden wenigstens gut zusammen.»

Ich schluckte betreten. Da war etwas Wahres dran. Leander allerdings paßte von vorneherein nicht in die Welt eines Oskar oder einer Crissy. Ich dagegen hatte mir das in meinem Fall schon immer eingebildet. War es möglich, daß Leanders Weltsicht bereits auf mich abgefärbt hatte? Dann war es ja tatsächlich höchste Zeit, die Notbremse zu ziehen!

Henry hatte unterdessen sein Bündel wieder hervorgezerrt und aufgeschnürt. Es entpuppte sich als überdimensional weit geschnittene lange Jacke aus olivfarbenem festem Stoff.

«Und jetzt schaut mal gut zu, Mädels, jetzt kommt nämlich die eigentliche Sensation», verkündete Henry, «Oskar hat sich selbst übertroffen.»

Ich dachte, er würde der Jacke gleich die Ärmel abreißen, so heftig zog Henry an dem Kleidungsstück.

«Abramakabra, und fertig ist der Designer-Schlafsack ...»

Jetzt hatte sich die Jacke tatsächlich in ein Etwas verwandelt, das einem Schlafsack zum Verwechseln ähnlich sah. Ich hatte zwar leider nicht kapiert, wie das zugegangen war, aber es war so!

«Bestes wetterfestes Tuch, außen gewachst», dozierte Henry, «meine Damen, die neueste Penner-Mode! Das Ding wird der Renner werden auf sämtlichen Modemessen der kommenden Saison, dafür garantiere ich. Und wißt ihr, wer Oskar überhaupt erst auf die Idee gebracht hat, so was zu entwerfen? Henry, der Clochard, natürlich! Dafür werden mir Kollegen in aller Welt eines Tages noch den Friedenspennerpreis verleihen, ihr werdet sehen!» Er griff nach seinem Glas und leerte es in einem Zug bis fast zur Neige. «Ah, das tut gut!» Mit dem Handrücken wischte er sich den Schaum vom Bart.

«Oskar ist ein Genie!» sagte Crissy hingerissen. «Das Ding geht direkt als gutes Werk durch und wird ihm ganz nebenbei einen ungeheuren Werbeeffekt einbringen.»

«Du denkst ja vielleicht materialistisch», Henry drohte ihr mit dem Finger, dabei sprühten seine grauen Augen vor Schalk. Da fiel mir zum ersten Mal auf, daß er schöne Augen mit langen Wimpern besaß …

Eine gute Stunde später wanderten Crissy und ich durch Schwabing. Ich wollte nach Hause, das heißt, ich wollte eigentlich vorher noch rasch in Leanders Wohnung lüften und den Briefkasten leeren, wie ich es immer in seiner Abwesenheit tat. Crissy wollte einfach noch ein bißchen bummeln und dann zu Lona fahren, wo sie die nächste Zeit wohnen würde.

«Henry ist schon ein heißer Typ», Crissy lachte und hängte sich bei mir ein, «irgendwie irre und gleichzeitig ziemlich hell im Kopf. Was für eine Mischung!»

«Du magst ihn, stimmt's?»

«Stimmt. Sehr sogar!» gab Crissy ohne Umschweife zu. «Manchmal denke ich, man müßte ihm mal heimlich, wenn er schläft, den Bart abrasieren. Ich bin sicher, da käme ein ganz passabler Kerl darunter zum Vorschein. Hast du bemerkt, was für schöne Augen er hat?»

Ich lachte. «Das habe ich tatsächlich. Gerade vorhin erst, stell dir vor.»

Crissy guckte mich von der Seite her neugierig an. «Soso, das hätte ich dir fast schon nicht mehr zugetraut!» Sie kicherte frech. «Ich dachte, du guckst außer Leander keine Männer mehr an.»

«Jetzt mach aber mal einen Punkt! Ich weiß schon noch, wo es langgeht, schließlich schreibe ich erotische Geschichten, meine Liebe. Trotzdem wäre Henry nicht mein Typ, falls du das jetzt denken solltest.»

«Aha, jetzt kommen wir der Sache schon näher. Wer wäre denn dann dein Typ? Komm schon, Mona, es interessiert mich wirklich!»

Jetzt hatte sie mich festgenagelt. In meinem Kopf begann es zu tickern, Erinnerungsfetzen tauchten auf, Bilder eines Sommertages, Männergesichter, lachende, ernste – umsonst! Es war kein brauchbares und vor allem greifbares Bild dabei. Zehn Jahre mit Leander konnten doch nicht so durchschlagend gewirkt haben? Ich hatte doch manchmal erotische Träume! Oder oft sogar. Aber es fehlten Gesichter dazu, fiel mir jetzt erst auf. Für Annabelle entwarf ich problemlos die tollsten Hechte, die knackigsten Männer. Aber für mich? Wo blieb ich? Lebte ich am Ende nicht nur von, sondern sogar mit und durch Annabelle, meine selbsterschaffene Figur?

Crissy stieß mich mit ihrem Ellenbogen in die Seite.

«Hey, Mona, aufwachen! Ich warte auf eine Antwort.»

Ich holte tief Luft. «Früher», sagte ich, «habe ich immer damit geliebäugelt, einen Mann zu haben, der gut kochen kann. Ich selber hasse es ja, am Herd zu stehen, wie du sicher von Lona weißt. Aber gut essen tue ich ungeheuer gerne. Ich könnte mir sogar vorstellen, einen Koch zu heiraten. Einen mit einem eigenen Drei-Sterne-Restaurant natürlich …»

Crissy grinste anzüglich. «Hahaha, und es dann auf dem großen Herd in der Restaurantküche treiben, was? Während draußen die hungrigen Gäste zu randalieren anfangen. Madame haben eine schmutzige Phantasie.»

«Das mag sein», kicherte ich, plötzlich gutgelaunt, «aber Spaß beiseite, so einen Koch könnte ich mir glatt für mich vorstellen. Ich würde ein erotisches Kochbuch schreiben mit seiner Hilfe. Er müßte die Rezepte beisteuern, alles leichte Sachen, mit viel Vitaminen und was der Körper noch so braucht. Aber leicht verdaulich, damit der Sex hinterher nicht beeinträchtigt wird, das ist wichtig. Eher so Leckereien, die anregend wirken in der Hinsicht. Ich würde dazu Geschichten erfinden. Zu jedem Rezept eine, mit viel Erotik und Sex und leidenschaftlicher Spannung gewürzt. Und wir würden das zusammen alles ausprobieren, die Rezepte wie die Grundlagen der Stories. Das müßte ein herrliches Leben sein.» Ich hatte mich richtig in Fahrt geredet, merkte ich, und brach abrupt ab. Crissy würde sowieso gleich wieder kichern. Aber ich hatte mich getäuscht.

«Toll», sagte sie so spontan, daß ich merkte, sie meinte es ehrlich, «so ein Mann würde tatsächlich zu dir passen, Mona. Los, den suchen wir jetzt für dich …» Sie fing zu rennen an, zog mich einfach mit sich.

Lachend rannten wir ein Stück. Einige Passanten blieben stehen und sahen uns kopfschüttelnd nach. Andere lächelten nachsichtig und machten uns Platz auf dem Bürgersteig. Ein Cabrio-Fahrer hupte und winkte. Dann war ich außer Atem und zog die Notbremse. «Gnade», japste ich, «ich bin eine ältere Dame, mein Kind, vergiß das nicht.»

Crissy hielt sich die Seite. «Und ich habe Seitenstechen, auch nicht gerade ein Zeichen für gute Kondition. Ich sage dir, Mona, wir beide müssen zugucken, daß wir unter die Haube kommen, ehe es zu spät ist. Du kriegst deinen Drei-Sterne-Koch, und ich kriege meinen Traumprinzen. Du wirst schon sehen, ehe dieser Sommer um ist, sind wir am Ziel.»

«Was soll das sein, ein Orakelspruch? Bist du unter die Hellseher gegangen?»

«Mitnichten. Ich habe mir bloß geschworen, vom Leben das zu bekommen, was ich mir am meisten wünsche!» sagte Crissy vollkommen ernst.

Weil ich merkte, daß sie meinte, was sie da sagte, schwieg ich lieber. Ich hatte in ihrem Alter auch noch so gedacht, inzwischen nur leider einige Federn, sprich Illusionen, unterwegs verloren. Aber ich wollte sie nicht von ihrer Traumwolke herunterstoßen, dazu hatte ich kein Recht. Sie mußte ihre Erfahrungen selber machen, so wie ich die meinen. Ende.

An der nächsten Straßenecke verabschiedeten wir uns voneinander, Crissy mußte in die andere Richtung. Als sie mich umarmte, raunte sie mir ins Ohr: «Am Ende des Sommers sprechen wir uns wieder, abgemacht?»

«Abgemacht!» versicherte ich. «Und grüße Lona schön von mir. Ich rufe sie morgen an. Sag ihr, ich müßte ihr was erzählen ...»

Leanders Wohnung lag nur fünf Gehminuten von meiner entfernt. Er hatte das immer praktisch gefunden. Leander mochte alles, Dinge, Menschen, Situationen, sofern sie nur praktisch waren. Quadratisch, handlich, gut! Er fand, man müsse sich das Leben, zumindest das private, so praktisch wie möglich gestalten. Probleme und Fußangeln gab es im beruflichen Umfeld genug.

Ich betrat seine Wohnung und riß als erstes alle Fenster auf. Dann sortierte ich die Post auf die richtigen Häufchen im Wohnzimmer. Leander hatte es gerne, wenn er Rechnungen, Bankauszüge und ähnliches getrennt von privater Post oder beruflichen Briefsendungen vorfand beim Nachhausekommen. So konnte er leichter Prioritäten setzen beim Öffnen. Werbesendungen warf ich gleich in den Müll. Praktisch geregelt, wie alles im Leben des Herrn Doktors ...

Normalerweise wäre mein «Dienst» eigentlich schon wieder erledigt gewesen mit diesen Handgriffen. Aber irgend etwas in mir trieb mich dazu, noch ein Weilchen zu verweilen. Ich blickte mich um. Meine Augen blieben an Leanders schwerem Schreibtisch aus echter Eiche hängen. Und dann tat ich etwas, was ich vorher noch nie gemacht hatte. Leander wußte, daß er mir vertrauen konnte, daß ich nicht spionierte. Ich hatte nie, in all den Jahren nicht, hinter ihm hergeschnüffelt. Deshalb ließ er auch immer alle Schlüssel an den Schreibtischtüren und -fächern stecken, wenn er wegfuhr ... Aber heute ritt mich der Teufel! Ich weiß wirklich nicht, woher ich den Antrieb, die plötzliche Eingebung nahm. Ich dachte auch gar nicht groß darüber nach, setzte mich nur in Bewegung und öffnete mit zielsicherem Instinkt die oberste Schreibtischlade.

Und da lagen sie, einfach in einen großen Briefumschlag gestopft, kunterbunt und unsortiert durcheinander. Fotos von seinen Reisen, Fotos, die er mir noch nie gezeigt hatte.

Auf dem einen, es war zweifelsfrei in New York aufgenommen, draußen vor der Freiheitsstatue, hielt Leander eine Blondine im Arm, die ihren Kopf hingebungsvoll an seine Schulter gelehnt hatte und strahlend in die Kamera grinste. Wahrscheinlich hatte sie «Cheese» dazu gejubelt. Das Mädel hätte Leanders Tochter sein können. Allerdings hielt er sie ganz und gar unväterlich umschlungen.

Ein anderes Foto zeigte ihn in Tokio. Diesmal war es eine bildhübsche Japanerin, die verhalten lächelte und ihre Mandelaugen zu ihm emporhob. In stiller und gleichzeitig verzückter Bewunderung. Und dann gab es eine Reihe Fotos mit immer derselben dunkelhaarigen Dame, die vielleicht Mitte Dreißig sein mochte. Sie wirkte mondän und selbstbewußt, und auf diesen Bildern war es Leander, der sie bewundernd anhimmelte. Leider konnte man nicht erkennen, wo die Fotos aufgenommen worden waren, aber in Deutschland war es jedenfalls nicht. Es hätte, der Parkanlage im Hintergrund nach, in England sein können. Dort war Leander auch jedes Jahr einige Male gewesen, stets auf irgendwelchen Physikerkongressen oder Seminaren.

Ich kauerte mich in seinen Schreibtischsessel und starrte eine Weile auf die Bilder vor mir. So war das also! Der Herr Doktor hatte durchaus ein munteres (Liebes-)Leben geführt, während ich in München hockte all die Jahre, seine Bude lüftete und die Post sortierte. Die Fotos sprachen eine deutliche, eine allzu deutliche Sprache. Dies waren keine zufälligen, oberflächlichen Bekanntschaften, soviel sah selbst ein blindes Huhn wie ich.

Aber warum, um alles in der Welt, wollte er denn dann ausgerechnet mich heiraten? Ich schlug mir mit der flachen Hand gegen die Stirn, als mir die Lösung dämmerte – weil es praktisch war, natürlich! In München war sein Hauptdomizil, hier erwartete er, demnächst einen Lehrstuhl angeboten zu bekommen, also war es am praktischsten, hier auch seine geplante Familiengründung anzugehen! Leander liebte nun mal zeitsparende, praktikable Lösungen. Außerdem kannte er mich bereits ein volles

Jahrzehnt, kannte meine Macken und meine liebenswerten Seiten. Ich war fähig, mich selbst zu beschäftigen und strapazierte ihn nicht über Gebühr. Außerdem war ich eher genügsam, zumindest gewesen. Da wußte er doch, was er hatte. Und seine Reisen würde er ja sowieso beibehalten. Schon beruflich bedingt. Und die kleine Mona hatte nie oder selten gemeckert. Wie praktisch für ihn. Ende der Durchsage.

An diesem Tag schrieb ich keine Zeile mehr. Ich ertappte mich dabei, wie ich grübelte. Immer und immer wieder ließ ich die vergangenen Wochen mit Leander Revue passieren in meinen Gedanken. War er irgendwie verändert gewesen? Wie war er mit mir umgegangen, worüber hatten wir gesprochen, was hatten wir gemeinsam unternommen ... Aber ich kam keinen Schritt weiter. Leander war wie immer gewesen. Kein Hinweis auf seine Reiseabenteuer, keiner auf seine Absicht, mir demnächst einen Heiratsantrag zu machen. Gegen Abend beschloß ich, die nutzlose Gedankenwälzerei seinzulassen. Schade um die verlorenen Stunden, schade um einen Arbeitstag. Mir fiel ein, daß ich dringend Geld brauchte für die nächste Miete. Ich sollte mich wirklich mehr um meine eigenen Angelegenheiten kümmern. Und um die von Annabelle, damit wieder Geld ins Haus kam!

Trotzdem juckte es mich in den Fingern, Lonas Telefonnummer zu wählen. Mit ihr zu reden hätte mir jetzt gutgetan. Aber ich sagte mir, daß ja Crissy heute den ersten Tag hier war und die beiden sich sicher viel zu erzählen hatten. Ich schaltete den Fernseher an, aber das Vorabendprogramm langweilte mich. Mein Kühlschrank gab auch nicht viel her, Eier hatte ich noch. Ich schlug mir zwei davon in eine Pfanne, ein bißchen Schinken dazu, fertig war das «American Breakfast». Halt! Amerikanisches Frühstück? Schon war ich gedanklich wieder bei Leander gelandet, die Assoziation drängte sich ja auch auf, und mein Appetit verschwand schlagartig. Die Eier samt Schinken landeten im Biomüll. Hübsch getrennt vom Restmüll. Ich war und blieb eben ein ordentlicher Mensch, selbst in so einer Situation.

Draußen wurde es allmählich dunkel, es war warm, durch die geöffnete Balkontür hörte ich die Vögel pfeifen. Vom Hinterhof drang fröhliches Gelächter herauf und Musikfetzen. Der Geruch nach gegrilltem Fleisch kitzelte meine Nase. Andere Leute feierten den schönen Frühsommerabend, und ich war alleine. Schon war er da, der schönste Katzenjammer …

Gegen 10 Uhr rief dann Lona an. Crissy sei müde vom langen Flug und bereits zu Bett gegangen. Sie lasse mich grüßen. Ob ich noch ein bißchen Zeit und Lust zum Quatschen habe?

«Und wie ich die habe», seufzte ich, «wenn du wüßtest, wie bescheiden ich mich fühle.»

«Du klingst auch nicht gut!» stellte Lona sachlich fest. «Crissy hat schon angedeutet, du hättest vielleicht Ärger mit Leander, du habest heute in Schwabing ganz rote Augen gehabt und seist so merkwürdig still gewesen …»

Fünf Minuten später wußte Lona alles. Vom Quasi-Antrag bis zu den ominösen Fotos.

«Uff», machte sie, «unser Leander, sieh mal einer an! Irgendwie sind sie doch alle gleich, auch wenn das jetzt wie ein Klischee klingt. Nimm's bloß nicht zu schwer,

Mona. Und immerhin will er dich heiraten, das ist schließlich auch was. Auf jeden Fall scheinst du also seine Nummer eins zu sein.»

«Super! Vermutlich bin ich die am bequemsten zu Handhabende!»

Lona kicherte. «Deine Laune funktioniert also noch. Dann ist alles halb so wild.» Sie schwieg einen Moment lang, ehe sie fortfuhr: «Sieh es doch mal so. Leander kann dir ein relativ sorgenfreies und schönes Leben an seiner Seite bieten. Er sieht gut aus und ist sehr intelligent. Alles Pluspunkte, für die andere Frauen ihm die Füße küssen würden! Was er auf seinen diversen Dienst- und sonstigen Reisen so treibt, sollte dich gar nicht groß kümmern. Dreh den Spieß einfach um! Sobald die Katze aus dem Haus ist, so heißt es, tanzen die Mäuse im Vorratskeller! Schaff dir einen Zweitmann an, Mona, für diese Zeiten im Jahr. Die Männer hatten immer schon gerne nebenbei was laufen, wir machen es ihnen jetzt einfach nach. Damen von Welt haben das übrigens seit jeher getan. Allen Keuschheitsgürteln zum Trotz!»

«Hm», ich mußte an den heutigen Morgen denken, als ich einen ähnlichen Gedanken gehegt hatte. Aber da war es nur eine Spielerei im Kopf gewesen, eher für Annabelles Abenteuer ersonnen denn für mein eigenes reales Leben …

«Sieh mich und Klaus an», redete Lona munter weiter, «glaubst du denn wirklich, ich würde mich mit ihm allein in nächster Zeit zufriedengeben? Der Herr fährt zweigleisig, und ich und Josefine dürfen warten, was und wieviel er uns an Zeit und sonstigen Zuwendungen zukommen läßt? O nein, diesmal bestimme ich meinen

Kurs selbst! Sollte mir was Knackiges über den Weg laufen, werde ich zugreifen, darauf kannst du dich verlassen. Und mir meinen neuen Merkspruch in die Küche an die Kühlschranktür hängen, der da lautet: Die Lady genießt und schweigt!»

«Holla, du hast ziemlich viel nachgedacht in letzter Zeit, was?» entfuhr es mir. Denn so war Lona früher nicht gewesen. Sie hatte immer für Ehrlichkeit und Treue in einer festen Partnerschaft plädiert. Aber damals hatte sie natürlich auch noch nichts von einer Josefine gewußt ...

«Allerdings! Und das solltest du auch tun, Mona! Obwohl ich vermute, daß du das alles längst selber weißt. Zumindest vermittelt die Lektüre deiner Annabelle-Stories diesen Eindruck. Du brauchst jetzt nur noch den Mut und die Entschlußkraft, es auch in dein Alltagsleben zu übernehmen. Und schon wirst du vor Glück strahlen, Schätzchen, glaub mir das. Sei bloß nicht so dumm und mache Leander eine Szene, wenn er zurückkehrt. Im Gegenteil, spiel schön Schmusekatze, und wetze deine Krallen lieber heimlich draußen in freier Wildbahn. Wir beide könnten uns übrigens auch gut mit Alibis gegenseitig aushelfen, falls es nötig werden sollte. Man kann ja nie wissen. Wenn wir uns einig sind, werden wir fortan ein herrliches Liebesleben haben.»

Ich merkte, wie Übermut in mir hochstieg und (noch) unterdrücktes Lachen meinen Kehlkopf kitzelte. In diesem Moment war mir endgültig klar, daß ich den Vorschlag meiner besten Freundin ganz tief drinnen bereits akzeptiert hatte. Freudig akzeptiert. Ich war auf dem Wege der Besserung!

«Also gut. Lona, am Ende des Sommers sprechen wir uns wieder. Dann wissen wir sicher mehr», sagte ich langsam, weil mir auch wieder eingefallen war, was Crissy und ich noch vor ein paar Stunden besprochen hatten. Plötzlich freute ich mich auf die nächsten Monate.

«Abgemacht», lachte Lona und legte auf.

Wie ein einziger Tag doch die Welt verändern kann …

VIER

VIER

Annabelle war wütend. Sie hatte sich auf den Abend mit Ferdi schließlich gefreut. Und nun war da diese Nachricht von ihm auf ihrem Anrufbeantworter. Es täte ihm leid, aber heute abend hätte er bereits eine Verabredung, die ihm entfallen gewesen sei, als sie angerufen habe. Er würde sich wieder melden … Keine nähere Angabe, Ferdi legte sich nie gerne fest. Annabelle hörte sich den Text und diese unvergleichliche Stimme noch einmal an, ehe sie die Löschtaste drückte. Mittlerweile kochte sie vor Wut. Dieser verdammte Kerl! Verantwortungslos, gewissenlos, bindungsscheu, ja, das war er. Und trotzdem hing sie immer noch an ihm, das war vermutlich auch der Fehler. Er wußte das nämlich ganz genau. Jeder andere, der sich seiner Sache nicht so sicher gewesen wäre, hätte niemals gewagt, sie so zu behandeln. Und sie hätte sich das auch von keinem anderen bieten lassen, soviel stand fest. Es war höchste Zeit, die Notbremse zu ziehen und Ferdi abzuservieren. Aber zuerst einmal war das Problem zu klären, wie der heutige Abend doch noch vergnüglich gestaltet werden konnte.

Während Annabelle noch nachdachte, wobei ihre Gedanken immer wieder zu Ferdi und der Frage abschweiften, was und vor allem mit wem er heute abend vorhaben mochte, klingelte das Telefon.

«Annabelle? Hier spricht Carlos …»

In Sekundenschnelle stieg Annabelles Launenbarometer um einige Punkte. Carlos war der denkbar beste Ersatz für Ferdi. Stets gut gelaunt, charmant, belesen und geistreich wie er war, zog Annabelle Carlos' Gesellschaft, zumindest wenn es ums Ausgehen ging, glatt der von Ferdi vor.

«Bist du heute abend noch frei?» erkundigte sich Carlos ohne Umschweife, «mir ist nach einem guten Italiener, und das in möglichst unterhaltsamer Begleitung. Langweiler habe ich den ganzen Tag genug um mich herum.» Er lachte leise. Dieses Lachen mochte Annabelle besonders an ihm.

«Eigentlich war ich bereits verabredet. Ich bin auch schon ausgehfein», sagte Annabelle, «aber für dich lasse ich das glatt platzen.» Das war zumindest die halbe Wahrheit! Und Carlos sollte ja nicht glauben, sie hätte ohne ihn heute abend alleine zu Hause gesessen. So was sollte ein Mann niemals von einer Frau glauben.

«Du bist ein Schatz!» sagte er prompt hörbar erfreut. «Ich hole dich dann so gegen neun Uhr ab, ist dir das recht?»

Annabelle zögerte kurz, normalerweise war es ihr nie recht, abgeholt zu werden. Sie benutzte lieber ihren eigenen Wagen. Aber heute war sie wild entschlossen, sich zu amüsieren, und sie wußte genau, heute würde ihr das nur unter Zuhilfenahme eines gewissen Quentchens Alkohol gelingen. Zuerst mußte die Wut über Ferdi hinuntergespült werden. Und dann war Carlos – außer Ferdi, dem verfluchten Mistkerl – der einzige Mann, bei dem Annabelle innerlich bereit war, ihn auch in ihrer eigenen Wohnung und am Morgen danach zu sehen.

«Abgemacht, ich freue mich!» gurrte sie in den Hörer.

Carlos lachte wieder leise und legte langsam auf.

Das jadegrüne Seidenkleid saß wie angegossen, wie eine

zweite Haut. Annabelle trug nichts darunter, nicht einmal einen Slip. Ihre rötlich schimmernden Haare fielen seidig glänzend auf die Schultern herab. Sie fühlte sich ungeheuer sexy, und sie wußte, daß sie das auch ausstrahlte. Allein das Wissen, keine Unterwäsche zu tragen, erregte sie bereits. Ob Carlos es zumindest ahnte? Er hatte sie vorhin, als er sie abholen kam, mit diesem wissenden Blick von oben bis unten gemustert. Durchsichtig war das Kleid zwar nicht, aber jeder erfahrene Mann wußte natürlich, was los war, wenn sich bei einem so engen Kleidungsstück absolut nichts abzeichnete. Halt, etwas hatte sich doch abgezeichnet! Die Brustnippel waren zwei harte Knöpfchen gewesen, als Carlos' Blicke über Annabelles Körper streichelten. Das hatte er ganz sicher bemerkt! Also wußte er auch, daß Annabelles Apfelbrüste echt waren, ganz ohne Wonderbra so voll und fest und keck in die Welt ragten.

Der Rotwein funkelte in den Gläsern. Das Essen wurde serviert. Carlos' Blicke senkten sich in Annabelles. Sein markantes Gesicht blieb ernst, nur seine Augen sprachen zu ihr. Ein leiser Schauer rieselte über ihren Rücken hinab.

Carlos streichelte mit dem Zeigefinger leicht über Annabelles Handrücken, als sie nach ihrem Glas griff. Sie spürte, wie ein weiterer Schauer ihren ganzen Körper durchrieselte. Ihr war klar, die Weichen für diesen Abend, diese Nacht, waren gestellt. Es gab kein Zurück. Und sie wußte, daß auch Carlos das wußte!

Sie plauderten über Kunst und Reisen, sie prosteten sich zu, sie schlemmten, und sie lachten miteinander. Carlos verstand es meisterhaft, die einmal entfachte erotische Spannung, das magnetische Knistern zwischen ihnen, langsam und allmählich sogar noch zu steigern …

Draußen im Wagen küßte er Annabelle, ehe er den Motor anließ. Es war ein harter, fordernder Kuß. Hart, trocken und heiß, so wie Annabelle es mochte. Sie haßte feuchte Schlabberküsse, dicke Zungen, die sich in ihrem Mund breitzumachen versuchten. Carlos' Zunge war wie eine kleine Schlange, behende und flink das Terrain erforschend, ehe sie sich wieder zurückzog.

An dieser Stelle legte ich erst mal eine Pause ein. Ich mußte mir genau überlegen, wie es weitergehen sollte in dieser Nacht zwischen Annabelle und Carlos. Natürlich war im Grunde genommen alles klar, sie würden es miteinander treiben. Aber diesmal wollte ich die Szene besonders raffiniert hinkriegen, irgendwie anders, noch erotischer, noch leidenschaftlicher. Schließlich sollte Annabelle von Ferdi geheilt werden, und das war nicht einfach. Mir war selbst nach Raffinesse, nach einer neuen, heißen Bettgeschichte, die mich von Leander heilen könnte. Und das war auch nicht einfach, ich wußte es. Obwohl ich ihm nie so verfallen war wie Annabelle diesem Windhund Ferdi.

Ich stand auf und ging in die Küche, um mir einen starken Nachmittagskaffee zu brauen. In der Nacht hatte ich nicht sonderlich lange geschlafen, war in den frühen Morgenstunden wach geworden und mußte prompt über Lonas und mein Telefonat vom Abend nachgrübeln. Im Morgengrauen erschien mir alles ungleich schwieriger und verzwickter. Jetzt, mitten am Nachmittag, nach einem Mittagsnickerchen, ging es mir allerdings schon wieder besser. Meine Gedanken waren klarer. Ich nahm mir jedenfalls vor, Leander auf keinen Fall zu heiraten. Er würde schon aus verletztem Stolz so schnell von sich aus nicht wieder fragen, das wußte ich auch. Und ich würde ihn auch nicht darauf ansprechen. Auf gar nichts würde ich ihn ansprechen, nur abwarten, was er sagen und tun würde. Ließe er alles beim Alten, würde ich zunächst zumindest so tun, als sei mir das recht. Und im Hintergrund meine Krallen schärfen in freier Wildbahn, wie Lona es so treffend ausgedrückt hatte. Dann konnte ich immer noch weitersehen. So kaltschnäuzig wie Lona zu denken und von vorneherein mit dem Plan loszuziehen, mir einen Zweitmann zuzulegen, so weit war ich noch nicht. Vielleicht wuchs ich da ja noch hinein ... Zumindest wollte ich offenherziger werden und sehen, was das Leben mir eventuell noch so zu bieten hatte in der Hinsicht.

Am nächsten Tag war mir immer noch nicht danach, eine Liebesszene zu schreiben. Zum Glück lagen bei der Redaktion, die Annabelles Abenteuer wöchentlich veröffentlichte, für die nächsten sechs Wochen genügend Folgen herum. Also war ich momentan nicht gezwungen, jeden Tag produktiv zu sein in der Richtung. Ich nahm mir statt dessen vor, endlich den Artikel über alte Dorffriedhöfe zu Ende zu bringen. Geboren war die Idee zu dieser Reportage während einiger Tage Irland-Urlaubs im Frühjahr. Ich war zusammen mit Leander nach Dublin geflogen, wo er einen Vortrag zu halten hatte. Anschließend waren wir mit einem Leihauto an die Westküste gefahren. Wir hatten uns in einem kleinen Dorf eingemietet, das außer drei Pubs und einer Kirche auch einen wunderschönen alten Friedhof besaß. Verwitterte Grabsteine zu entziffern hatte mich bereits als junges Mädchen fasziniert. Früher waren ja oft ganze Lebensgeschichten in Stein gemeißelt worden. Nicht nur, wie heutzutage meistens, nüchtern einfach der Familienname mit Geburts- und Todestag. Und selbst letztere Daten fehlten oft noch. Dann stand da auf einem blankpolierten Marmorstück einfach nur noch FAMILIE MÜLLER-MAIER – so was regte die Phantasie natürlich nicht im geringsten an. Meine jedenfalls nicht. Die alten Grabinschriften hingegen gaben zumindest (neben dem Datum der Geburt und des Todes) Auskunft über den sozialen Stand des oder der Verblichenen. HIER RUHT IN FRIEDEN MARIA HUBER – LANDVERMESSERSWITWE gab da doch entschieden mehr her! Oft waren auch noch die Todesarten beschrieben – VERBLICHEN ANNO DOMINI 1908 NACH EINEM SCHLANGENBISS –; so was war eine aufregende Geschichte, vor allem wenn sie einem auf einem winzigen Dorffriedhof im Oberbayerischen ins Auge fiel, wo es eigentlich kaum giftige Schlangen gegeben haben sollte. Auch nicht Anno Domini 1908. Eine Kreuzotter vielleicht? Wäre möglich, aber der gute KARL BERGER könnte sich natürlich auch in fernen Gefilden herumgetrieben haben und dabei zu Tode gekommen sein. Bei so etwas kam meine Phantasie immer sofort und prompt in die Gänge.

Jedenfalls barg besagter irischer Dorffriedhof geradezu unglaubliche Schätze in der Richtung. Ich fotografierte wie eine Wilde, übersetzte und notierte mir in ein kleines Heft die verschiedensten Grabinschriften. Und beschloß, daraus machst du einen schönen Artikel, vielleicht für ein Reisemagazin oder eine Frauenzeitschrift, mal sehen. Nach München zurückgekehrt, rief ich einige Redaktionen an und erklärte meine Themenidee. Ausgerechnet die Redakteurin eines Mutter-und-Kind-Blattes biß an. Zwar waren die Hefte für die nächsten sechs Monate bereits vorausgeplant, erklärte sie mir, aber danach wollte sie den Artikel gerne plazieren. Ich versprach, im Frühsommer zu liefern. Jetzt wurde es allmählich Zeit, der Text war auch im großen und ganzen fertig, aber ich wollte noch einige Fotos von dem Friedhof haben, den ich im letzten Jahr in der Nähe des Tegernsees entdeckt hatte. Ich war damals mutterseelenalleine mit meinem Auto losgetuckert, mitten unter der Woche, weil da die Straßen leerer waren. Ich wollte alleine sein, Natur und Landschaft genießen und nachdenken. Über das erste Buch, das ich unbedingt schreiben wollte und das nicht so recht in die Gänge kam. Ich fuhr ziemlich ziellos ins Blaue hinein, verließ irgendwann die Autobahn, die mich aus München herausgeführt hatte, und ließ mich treiben. In einem kleinen Ort fiel mir die hübsche Dorfkirche auf. Ich beschloß, Rast zu machen. Natürlich interessierte mich auch der Friedhof, der das Kirchlein umgab. Zum Glück war das Kirchentor nicht verschlossen wie so oft, knarrend und quietschend öffnete es sich, als ich dagegendrückte. Im Inneren roch es ein wenig muffig und ziemlich stark nach Weihrauch. Draußen war mir bereits das frische Grab aufgefallen mit den vielen Kränzen und letzten Blumengrüßen. Vermutlich hatte der Trauergottesdienst erst vor kurzem hier drinnen stattgefunden. Die bunten Glasfenster der Kirche waren sehr hübsch, das Sonnenlicht fiel durch sie auf den Altar und zauberte Licht- und Schattenspiele auf den Mosaikboden davor. Ich bemerkte die alte Frau erst, als ich direkt neben der Bankreihe stand, in der sie saß. Es war der Gestalt im schwarzen, langen Baumwollkleid mit Schürze nicht anzumerken, ob sie mein Kommen überhaupt zur Kenntnis genommen hatte. So vertieft schien die Bäuerin, die um die Siebzig sein mochte, in die Lektüre des Gesangbuches in ihren Händen. Dann sah ich, wie die alte Frau plötzlich den Band, in dem sie eben noch geblättert hatte, umdrehte und schüttelte, als wolle sie ein Federbett auffrischen. Ein kleines Blatt Papier flatterte zwischen den Seiten hervor und segelte zu Boden. Die Alte bückte sich sofort und griff nach dem Fetzen Papier. Zufrieden hielt sie es eine Weile in der Hand und lächelte sogar, während sie es betrachtete. Ich konnte sehen, daß es sich um eines dieser Sterbebildchen handelte, die vor allem auf dem Land noch heute zur Erinnerung an den Toten an die Trauergemeinde verteilt werden.

Plötzlich hob die Frau den Kopf von ihrem Fund und sah mir direkt in die Augen. Ertappt und deswegen leicht verlegen, wollte ich schon den Blick senken, da merkte ich, daß sie mich freundlich anlächelte. Ich lächelte zurück und rutschte spontan neben sie in die Kirchenbank.

«Schaun S', Fräulein», sagte sie und hielt mir das Sterbebildchen hin, «der da liegt jetzt dort draußen in dem frischen Grab.»

«Haben Sie den Mann gekannt?» fragte ich neugierig.

Die alte Frau legte den Kopf schräg. «Freilich! Ich komm zwar vom Nachbardorf, aber hier bei uns kennt fast jeder jeden. Bloß war dem sein Vater meinem Vater immer schon bös, deswegen haben wir Jungen auch nicht viel miteinander zu tun gehabt. Und deswegen bin ich auch zu der Beerdigung nicht eingeladen gewesen. Bin ich halt heut extra rübermarschiert, sein Sterbebild hab ich nämlich schon haben wollen. Erstens weil wir uns gekannt haben, der Werner und ich, und dann sammel ich sowieso alle Sterbebilder, die ich kriegen kann. Sogar von ein paar berühmten Leuten hab ich welche daheim.» Sie lächelte jetzt so stolz und verschmitzt zugleich, daß ich ebenfalls schmunzeln mußte. Trotz des etwas ungewöhnlichen Gesprächsthemas.

Der Mann auf dem Sterbebild dagegen blickte ernst, fast verbissen auf uns flachsende Weibsbilder. Na ja, ich konnte das schon verstehen, immerhin war er tot! So was verdirbt einem vermutlich die gute Laune ganz automatisch ...

So lernte ich also an jenem Tag Therese kennen. Ich fuhr sie später mit meinem Wagen zurück in ihr Dorf, das immerhin sechs Kilometer entfernt lag. Den Weg herüber hatte sie zu Fuß gemacht. Sie lud mich auf den Hof ein, auf dem sie und ihr achtzigjähriger Ehemann Josef alleine lebten. Seit die beiden ältesten Söhne nacheinander tödlich verunglückt waren und die einzige Tochter vor zwei Jahren nach München gezogen war. Therese berichtete mir dies in ihrer unsentimentalen Art, die es einem nicht erlaubte, sie etwa zu bemitleiden. Sie war neunundsechzig und hatte immer auf dem Hof gearbeitet, erzählte sie, während wir in der großen Wohnküche des Anwesens Milchkaffee tranken und selbstgebackenen Apfelkuchen aßen. Ihr Mann, von ihr kurz Sepp gerufen, sprach kein einziges Wort, schien auch kaum zuzuhören, während wir Frauen redeten. Er schlürfte seinen Kaffee, aß sein

Stück Kuchen, hob aber nie den Blick. Hinterher stand er wortlos auf und trollte sich wieder in seine Sofaecke, wo er nur stumm saß und auf den alten Büffetschrank zu starren schien, der an der gegenüberliegenden Wand die ganze Breitseite einnahm. Therese schüttelte vielsagend den Kopf und raunte mir zu: «Es ist nicht immer einfach mit ihm. Er redet fast gar nichts mehr, seit auch der andere Bub ... Und dann ist auch noch die Margot nach München gegangen und läßt nie was von sich hören. Er hat's nicht leicht gehabt im Leben, der Sepp.»

Ich bewunderte Therese (die ich so nennen durfte seit der gemeinsamen Autofahrt, sie sagte auch Mona zu mir), mit welcher Würde sie ihr Leben meisterte. Sie wäre gar nicht auf die Idee gekommen, ihr eigenes Dasein ebenfalls – wie das von Sepp – als hart zu bezeichnen. Das Schicksal hatte es eben so gewollt, basta! Da durfte und konnte sich der Mensch nicht auflehnen dagegen. Bloß für ihren Sepp tat es ihr leid, der hätte etwas Besseres verdient gehabt für den Lebensabend ...

Von diesem Tag an fuhr ich immer wieder hinaus zu den beiden aufs Land. Therese freute sich jedesmal sichtlich, wenn ich kam. Und allmählich wurden wir, so verschieden wir auch sein mochten, richtige Freundinnen. Thereses nüchterne Sicht der Dinge hatte mir in der Zwischenzeit schon aus so manchem Tief herausgeholfen. Therese verfiel niemals ins Jammern oder wurde sentimental. Sie bejahte das Leben aus vollem Herzen, auch wenn es ihr manchmal noch so übel mitgespielt hatte. Bloß ihre Sterbebild-Sammelleidenschaft paßte für meine Begriffe nicht so ganz zu dieser handfesten Person. Ob sie hier ein gewisses Vergnügen in der Tatsache fand, daß alle diese Menschen bereits tot waren, während sie, Therese, immer noch auf der Welt weilte und deren Unbilden trotzte? Ich wußte es nicht und wagte auch niemals, Therese danach zu fragen. Schließlich hatte jeder Mensch das Recht auf seinen eigenen kleinen Spleen, sagte ich mir.

Eines Tages vor einigen Monaten hatte ich dann Lona und ihren kleinen Felix mit zu Therese hinausgenommen. Lona und die alte Bäuerin waren sich auf Anhieb sympathisch gewesen, und Felix hatte Thereses Herz sowieso im Sturm erobert. Und sie das seine! Oma nannte er sie aus eigenem Antrieb und hing ihr regelrecht an der Kittelschürze. Er liebte ihren Apfelkuchen, das selbstgebackene Brot, die eingelegten Birnen. Sogar Sepp taute merklich auf, wenn der Kleine in seine Nähe kam. «Na, du Lauser», sagte er etwa und grinste dazu schief mit seinen wenigen verbliebenen Zähnen.

Wir mußten Therese hoch und heilig versprechen, jetzt öfter zu dritt zu kommen. Oder auch Lona alleine mit Felix, wenn ich keine Zeit hatte. Lona war ohnehin begeistert von dem alten Hof und der frischen Luft dort draußen und hatte freudig zugestimmt.

Wie immer genoß ich die Autofahrt in Richtung Tegernsee in vollen Zügen. Alleine mit mir im Wagen, im Radio leise Musik, draußen viel grüne Landschaft, dabei kamen mir oft die besten Ideen. Fast bedauerte ich es, als ich am Ziel war.

Die Sonne stand günstig jetzt, am späten Vormittag, und so hatte ich rasch die paar Fotos geschossen, die mir noch als Umrahmung des Artikels vorschwebten. Ich setzte mich wieder ins Auto und fuhr ins Nachbardorf hinüber.

Therese kam mir schon in der Einfahrt entgegen.

«Grade heute früh hab ich an dich denken müssen, Mona», begrüßte sie mich, «irgendwie hab ich's gespürt, daß du heut kommst.»

Ich lachte. «Hallo, Therese. Wie geht's euch denn?»

«Immer gleich», winkte sie ab, «jetzt komm rein, ich back nur rasch den Kaiserschmarren fertig, den magst du doch so gern.»

Und wie ich den selbstgemachten Kaiserschmarren Thereses schätzte! Zusammen mit ihrem Apfelmus war das eine köstliche Delikatesse, da konnte kein Feinschmeckerlokal in München mithalten.

Drinnen war bereits der Tisch gedeckt – für drei! Therese mußte sich ihrer Sache wirklich sicher gewesen sein. Diese Frau verblüffte mich immer wieder. Sie besaß eine unglaubliche Intuition. An so was wie Hellseherei mochte ich nicht glauben, das ging mir denn dann doch zu weit. Aber ein manchmal geradezu unheimliches Gespür für kommende Dinge, das besaß Therese auf alle Fälle.

«Laß dich anschauen», sagte sie später, als ich bereits am Tisch saß, «irgendwas ist nicht in Ordnung mit dir, Mona! Du schaust so traurig drein wie ein deprimierter Vogel im Käfig. Hast Ärger mit deinem Kerl?»

Ich mußte lachen. «Ach, Therese, was heißt schon Ärger! Du weißt doch selbst, es geht im Leben nicht immer alles so, wie man es gern hätte.»

Sie schüttelte sichtlich ungeduldig den Kopf. «Schon, aber bei dir ist was anderes nicht in Ordnung. Weißt, was ich dir sag? Du brauchst einen neuen Mann in deinem

Leben. Und ein Kind, Mona! Ein Kind brauchst auch, sonst bist du zu alt dafür, und später bereust es dann, wenn du keins hast.»

Ich wußte natürlich, daß Therese übers Kinderkriegen anders dachte als ich. Obwohl sie genug mitgemacht hatte mit den ihren, wäre sie nie auf den Gedanken gekommen, es zu bereuen, sie in die Welt gesetzt und großgezogen zu haben. Was mich heute allerdings verblüffte, war, daß nun auch noch sie anfing, mir einen neuen Mann anzuempfehlen. Damit war sie die Dritte im Bunde, neben Lona und Crissy. Dabei kannte Therese Leander noch nicht einmal persönlich, sondern nur aus meinen eher spärlichen Beschreibungen.

«Das mit dem neuen Mann ist gar keine schlechte Idee, Therese», scherzte ich, «das hat mir Lona auch erst gestern ans Herz gelegt. Jetzt kommt ja der Sommer, vielleicht tut sich da was. Mal sehen. Du bist jedenfalls die erste, die davon erfährt, das verspreche ich dir.»

Therese ließ sich aber nicht ablenken. «Einen gescheiten brauchst, Mädel, einen, mit dem du ein Kind großziehen kannst, der zu dir hält. Die Lona braucht auch so was, ist ja nichts Rechtes, so allein im besten Alter mit einem kleinen Kind.»

Ich griff hastig nach der Gelegenheit, das Thema etwas zu verschieben. «Übrigens fährt die Lona in zwei Wochen mit ihrem Exmann nach Australien, stell dir vor ...»

«Aber der ist doch wieder verheiratet», brummte die Therese sofort, «das gibt nichts Gescheites, damit tut sich die Lona keinen Gefallen. Ihr zwei braucht's beide was Ordentliches, nicht so g'schlamperte Verhältnisse.»

Wie die Therese das so sagte, ohne jede Mißbilligung

einfach nur die Tatsachen zurechtrückte, dämmerte es mir für einen Augenblick, daß sie natürlich recht hatte. Trotzdem …

«Weißt du, Therese, heutzutage ist das nicht so einfach mit den Männern. Vor allem in der Großstadt.»

Sie nickte. «Da kannst du recht haben. Aber einfach war's bei uns damals auch nicht. Ihr habt heute wenigstens mehr Auswahl. Wie ich jung war, da war der Krieg grade aus, und viele Männer sind nicht mehr heimgekommen. Da hast halt nehmen müssen, was noch übrig war.» Sie warf einen raschen Seitenblick auf Sepp, der stumm seinen Kaiserschmarren löffelte und gar nicht zuzuhören schien, ehe sie nachsetzte: «Ihr könnt euch heute in der Stadt doch sogar zwei Männer halten, wenn ihr wollt, oder sogar mehr, wenn eine viel Energie hat und keine Kinder wie du!»

Ich starrte sie einen Moment lang verblüfft an. Dann sah ich den Schalk in ihren Augen blitzen und mußte losprusten. Therese fiel prompt mit ein. Wir kugelten uns richtig vor Lachen, bis sogar der Sepp den Löffel sinken ließ, den Kopf hob und fragte: «Is was?»

«Nix, Sepp, tu essen! Schmeckt's dir?» sagte die Therese, während sie sich eine Lachträne aus dem Augenwinkel wischte. Der Sepp brummte etwas, das nach Zustimmung klang, und aß brav weiter. Wie ein gehorsames Kind.

Nein, leicht hatte es die Therese in ihrem Leben bestimmt nicht gehabt. Sicher hätte auch ihr ein Zweitmann – wenigstens von Zeit zu Zeit – gutgetan, mußte ich denken.

«Laß dich bald mal wieder sehen bei uns, Mona», gab

mir die Therese später mit auf den Heimweg, «und überleg dir das noch mal wegen einem Kind. Wenn der Mann dazu wirklich nix taugt, kommst einfach mit dem Wutzerl zu uns auf den Hof. Platz gibt's genug, und ich helf dir dann schon, es aufzuziehen, gell? Versprochen?»

Vor Rührung schossen mir glatt die Tränen hoch. Rasch umarmte ich sie: «Danke, Therese! Dafür und für alles andere auch. Ich bin immer so gern bei euch. Und vielleicht überlege ich mir's ja wirklich. Eines Tages.»

Sie nickte so ernsthaft, daß es mir erneut ans Herz ging. Mir kam der Gedanke, wie sehr Therese eigene Enkel vermissen mußte. Beide Söhne waren – ganz moderne Zeiten – in zwei aufeinanderfolgenden Jahren mit ihren Motorrädern verunglückt. Immer in der Samstagnacht, auf dem Heimweg von irgendeiner Disko. Und die einzige Tochter lebte irgendwo in München, die Mutter besaß nicht einmal eine genaue Adresse. Unter der letzten hatte ich einmal nachzuforschen versucht, weil mir Therese und Sepp leid taten. Aber der Vermieter hatte mir nur knapp erklärt, eine Margot Haller wohne schon lange nicht mehr hier. Sie sei auch bereits nach drei Monaten wieder ausgezogen damals, das sei alles, was er wisse. Im Telefonbuch war auch keine Person dieses Namens verzeichnet gewesen. Da hatte ich es aufgegeben. Therese gegenüber hatte ich davon nichts erwähnt, um sie nicht zu beunruhigen. Ohnehin sprach sie nur ganz selten und dann wenig von der Tochter.

Dabei wäre Therese, wie ich durch Felix bemerkt hatte, doch eine so gute Großmutter gewesen! Manchmal mochte man schon meinen, der große Manitu dort oben vertrieb sich die Zeit tatsächlich mit Würfeln …

FÜNF

FÜNF

Ich schrieb den Artikel fertig und schickte ihn weg. Annabelle und Carlos konnten noch immer nicht zur Sache kommen, weil ich noch immer blockiert war. Eines Nachts erschien mir Annabelle im Traum und machte mir heftige Vorwürfe deswegen – sie wolle endlich mal wieder Sex haben! Wie lange ich denn gedenke, sie noch auf dem trockenen zappeln zu lassen. Der arme Carlos würde bestimmt keine Erektion mehr kriegen vor Altersschwäche, wenn ich noch lange so weitermachte. Es war eigentlich ein amüsanter Traum, obwohl ich gleichzeitig auch Schuldgefühle verspürte, den beiden gegenüber und meinem eigenen Kontostand gegenüber auch. Schließlich war Schreiben mein Beruf, und den übte ich derzeit reichlich lasch aus. Am nächsten Morgen, beim Aufwachen, fiel mir der Traum sofort wieder ein. Ich mußte lachen und schüttelte dann den Kopf über die Tatsache, daß meine eigene Romanfigur mir jetzt schon in der Nacht erschien, um mich zur Vernunft zu bringen. Andererseits lag mein eigenes Liebesleben derzeit dermaßen brach, was konnte man da von mir also groß erwarten? Leider hing bei mir Schreiben stets eng mit meinen Erlebnissen im realen Leben zusammen, ich hatte immer schon aus meinen Erfahrungen geschöpft. Leander verstand das übrigens nie. Er nannte meine Arbeitsweise schlicht unprofessionell. Ein Profi könne über alles schreiben, in jeder Situation und wie schlecht es ihm auch gehen mochte. Schreiben sei ein Job wie jeder andere auch, hatte er mir einmal erklärt, in jedem Job müsse man jeden Tag arbeiten, ganz gleich, wie gut oder schlecht man drauf sei. Tja, da hatte ich es dann gewußt! Ich schrieb natürlich trotzdem weiter nach meiner eigenen Methode, was anderes blieb mir ja auch gar nicht übrig. Im stillen, ganz versteckt im hintersten Kämmerchen meines Herzens, aber nahm ich es Leander schon übel, daß er oft so kaltschnäuzig und verständnislos war. Behandelte man so die Frau, die man liebte? fragte ich mich. Eigentlich nein, lautete meine Antwort. Aber warum hatte er mir dann diesen Quasi-Heiratsantrag gemacht? Ich verstand es immer weniger ...

Auf dem Weg in den Englischen Garten, wo ich mich ein Stündchen in die Sonne legen wollte, schaute ich rasch bei Lona vorbei. Sie war von ihrem Halbtagsjob aus dem Dessousladen gerade heimgekommen, Felix steckte noch im Kindergarten, und Crissy war irgendwo in der Stadt unterwegs. Wir hockten uns in die Küche und tranken einen Kaffee.

«Nächste Woche um diese Zeit bist du schon in Sydney, du Glückliche», sagte ich nach einem Blick auf den Wandkalender.

Lona winkte ab. «So glücklich auch wieder nicht, in Sydney beginnt gerade der Winter, und hier herrscht ausnahmsweise herrliches Wetter. Ich würde, ehrlich gesagt, lieber hierbleiben.»

Ich verschluckte mich beinahe an meinem Kaffee.

«Aber ich dachte, du seist ganz wild auf die Reise! Warum fliegst du denn mit, wenn du so denkst? Du schuldest doch wohl Klaus gar nichts …»

«Das ist eine längere Geschichte, Mona. Ich habe einen Plan für mein weiteres Leben entworfen, und zu dessen Verwirklichung brauche ich leider die Hilfe von Klaus. Nein, nein, sieh mich nicht so entsetzt an! Ich schlafe nicht deswegen wieder mit ihm, sondern weil es mir wirklich Spaß macht! Und ich derzeit keinen anderen Mann kenne, mit dem ich das Bett gerne teilen würde. Das ist die eine Seite der Medaille. Die andere sieht so aus, daß ich mich gerne mit einem eigenen Laden selbständig machen würde. Schließlich brauche ich eine berufliche Perspektive für die nächsten zwei bis drei Jahrzehnte. Felix wird mir, fürchte ich, bald, sehr bald, entwachsen. Der Kleine ist mir unheimlich wichtig, aber als alleiniger Lebensinhalt wohl nicht tauglich, sondern sogar schlichtweg überfordert.»

Lona schwieg jetzt und starrte nachdenklich in ihre Tasse.

Ich räusperte mich: «Ein eigener Laden wäre super. Willst du in Dessous machen?»

Sie nickte. «Ja, und zwar habe ich eine Marktlücke entdeckt. Dessous für Mollige! Glaub mir, ich weiß, wovon ich rede. Ich bin ja selbst inzwischen nicht mehr gertenschlank, da wird es schon schwierig, richtig heiße Teile zu ergattern. Noch fülligere Frauen verzichten meist gleich ganz. Neulich war so eine in unserem Geschäft. Nachdem sie unseren größten Spitzen-BH auch noch beinahe gesprengt hatte, verließ sie mit Tränen in den Augen den Laden. Die Gerke, dieses kaltschnäuzige

Luder, hat sich noch darüber amüsiert. Mir hat die Kundin bloß leid getan. Abends vor dem Fernseher fiel mir die kleine Szene dann wieder ein, und da war sie geboren, die Geschäftsidee.»

«Super, das machst du!» Ich fand die Idee mittlerweile auch wirklich klasse. «Aber wozu brauchst du Klaus dabei?»

Lona seufzte. «Geld, Startkapital, mein Herz! Ich habe mir überlegt, ich werde ihm vorschlagen, mir eine gewisse Summe bar auf die Hand zu geben, als Abschlag sozusagen auf die Unterhaltszahlungen für die nächsten Jahre. Die Höhe der Summe werde ich so festlegen, daß es für ihn reizvoll wird, meinen Vorschlag zu akzeptieren. Er wird nämlich ein hübsches Sümmchen unter dem Strich einsparen auf diese Weise. So eine Art Skonto bei sofortiger Barzahlung, du verstehst?»

«Klar», sagte ich und bewunderte meine Freundin insgeheim wegen ihrer Einfälle und ihrer Entschlußkraft. Wie ich Klaus kannte, der ein gewiefter Geschäftsmann war, würde er glatt zustimmen. Außerdem konnte es jedem geschiedenen Mann nur recht sein, wenn seine Ex sich so schnell wie möglich auf die eigenen Beine stellte.

Kurze Zeit später verabschiedete ich mich von Lona. Ich brauchte meine Ration Sonnenschein, und Lona mußte Felix abholen.

Im Englischen Garten lief ich Henry direkt in die Arme. Das heißt, eigentlich stürmte er auf mich zu, als habe er mich bereits überall gesucht. Das weiße Hemd stand heute buchstäblich bis zum Bauchnabel offen, es war ja auch ein warmer Tag. Sein Schlafsack-Jacken-Bündel trug er lässig über eine Schulter geworfen. Mit einem raschen Blick stellte ich fest, daß er tatsächlich einen wohltrainierten Waschbrettbauch spazierentrug. Ob an den Gerüchten doch etwas Wahres dran war? schoß es mir durch den Kopf. Man munkelte in der Stadt, Henry beglücke des öfteren auch Ladies der Society im Gebüsch diverser Parks, sofern sich eine günstige Gelegenheit dafür bot. Und solche Gelegenheiten boten sich angeblich nicht gerade selten, wofür schon die besagten Ladies gerne sorgten. Nun, ich wußte es nur vom Hörensagen, aber vorstellen konnte ich es mir tatsächlich, wenn ich ihn jetzt so betrachtete ...

Henry schien heute noch stocknüchtern und auch nicht so aufgekratzt wie sonst zu sein, fiel mir als nächstes auf.

«Mona, weißt du, wo Crissy steckt?» überfiel er mich, ohne lange Zeit mit einer Begrüßungsfloskel zu verschwenden. Das war sonst auch nicht seine Art. Meistens ließ er erst einmal jede Menge alberner Sprüche vom Stapel.

«Irgendwo in der Stadt, Bummeln oder Einkaufen oder Trödeln. Ich komme gerade von ihrer Schwester, dort war sie jedenfalls nicht.»

«Das weiß ich», brummte Henry, «ich habe dort vor zehn Minuten angerufen, es ging niemand ran.»

«Lona holt Felix vom Kindergarten ab», erklärte ich, obwohl Henry das eigentlich nichts anging. «Du kannst es ja später noch mal probieren, so dringend wird es schon nicht sein.» Das war ein Trick, es schien nämlich schon dringend zu sein, und direkt fragen mochte ich nicht.

«Oskar hatte einen schweren Autounfall! Vor zwei

Stunden etwa, auf der Autobahn, gleich hinter München in Richtung Salzburg», klärte Henry mich prompt auf.

«Großer Gott», sagte ich ehrlich erschrocken, «Crissys Oskar? Der Modemensch? Weißt du was Näheres? Wie geht es ihm?»

Henry nickte düster. «Es soll ihm ziemlich schlechtgehen. Nierenriß, die Lunge hat es erwischt, und schwere Kopfverletzungen hat er angeblich auch. Zur Zeit ist er wohl noch im OP, jedenfalls darf niemand zu ihm.»

«Woher weißt du das schon alles?», entfuhr es mir.

Da grinste Henry bereits wieder und kniff ein Auge zu.

«Berufsgeheimnis, Schätzchen ...»

«Komm schon, Henry, du erzählst oft Stories, die sich hinterher als blanke Märchen entpuppen», versuchte ich ihn zu provozieren.

«Du kannst es ja morgen in der Zeitung nachlesen», jetzt schien er doch beleidigt zu sein, «deswegen wollte ich auch Crissy erreichen, damit sie es so schnell wie möglich und nicht erst aus der Presse erfährt. Die Arme wird ohnehin einen ziemlichen Schock kriegen. Und im übrigen, Mona, Henry weiß fast immer alles als einer der ersten in der Stadt, wußtest du das nicht?»

«Doch, natürlich!» beeilte ich mich zu sagen. Schließlich wollte ich es mir mit ihm nicht verderben, ich mußte an mein künftiges Buchprojekt denken. Eines Tages würde ich diesem Clochard schon die Zunge lösen, und wenn es mit Champagner sein mußte ...

«Bin gespannt, ob Oskar durchkommt», sagte Henry und starrte auf seine Schuhspitzen, «ich habe ein schlechtes Gefühl.»

Jetzt war ich wirklich alarmiert. «Wir müssen es Crissy tatsächlich bald und möglichst schonend beibringen. Ich versuche später gleich noch einmal Lona telefonisch zu erreichen, und du kannst es natürlich auch wieder probieren.»

Henry nickte. «Okay! Ich muß jetzt weiter, Mona. Und ich halte euch auf dem laufenden in Oskars Sache. Betet für den armen Kerl, er hat es nötig!»

Ich starrte Henry ein Weilchen nach, der Mann hatte es auch heute wieder geschafft, mich zu verblüffen. Wieder einmal kam mir der Verdacht, daß er ein ganz anderer war, als er vorgab zu sein! Aber ich würde schon noch dahinterkommen.

Als ich nach Hause kam, rief ich bei Lona an. Ich hatte Glück und bekam sie sofort an den Apparat.

«Henry hat gerade angerufen», erklärte sie mir, «ich weiß bereits alles. Schreckliche Sache! Wenn ich nur wüßte, wo Crissy steckt, hoffentlich kommt sie bald. Dann bleibt mir zwar der undankbare Part, sie ins Bild zu setzen, aber so kann ich es wenigstens auf meine Art machen. Es wird ohnehin ein ziemlicher Schock für sie sein. Ich weiß zwar nicht, was das Mädchen an diesem Oskar findet, aber sie ist jedenfalls ganz vernarrt in ihn.»

«Vielleicht eine Art Vaterersatz, und dann hat er sie entdeckt und ihr die Karriere ermöglicht.»

«Damit wirst du schon recht haben», sagte Lona, «trotzdem verstehe ich es nicht ganz. Na ja, ist ja auch egal, ich hoffe nur, Oskar kommt durch. Du, ich muß Schluß machen, Mona, ich glaube, da kommt Crissy gerade ...» Klick, und die Verbindung war unterbrochen.

Ich hatte kaum den Hörer aufgelegt, da klingelte mein Apparat auch schon los.

Es war Leander. Er klang müde und weit weg und moserte sofort, ob ich etwa schon wieder Dauergespräche führen würde. Ich blaffte aber diesmal nicht zurück, sondern sprudelte gleich mit meiner Neuigkeit über Oskar heraus.

«Tragisch für den Mann», sagte Leander und klang schon lauter und näher, «aber jeden Tag verunglücken Millionen von Menschen auf diesem Globus, da kann man sich wirklich nicht über jeden Einzelfall erregen. Ich bin jetzt übrigens gerade in San Francisco, es hat hier vor einer knappen Stunde ein Erdbeben gegeben. Nicht sehr schwer, aber immerhin deutlich spürbar. Ich wurde aus dem Schlaf gerissen, habe dann festgestellt, daß es bereits Morgen ist, und beschlossen, dich anzurufen. Nachmittags hast du ja meistens bessere Laune als frühmorgens.»

«Tatsächlich?» sagte ich freundlich. «Es ist dir hoffentlich nichts auf den Kopf gefallen während des Erdbebens?»

«Ansonsten würde ich dich ja wohl kaum anrufen», sagte er völlig ernst. Leander hatte meine Art von Humor noch nie verstanden. «Ich fliege jetzt übrigens doch früher nach München zurück», erklärte er mir dann, «Hawaii lasse ich sausen. Nachdem du nicht kommen wolltest, hat mich auch die Lust verlassen.»

«Okay! Wenn du da bist, bist du da», orakelte ich.

«Also dann, bis bald!» sagte Leander.

«Genau», gab ich zurück und legte auf.

Eine knappe Woche später flog Lona mit Klaus nach Australien. Josefine hatte der Kinder wegen keine Zeit, Klaus zum Flughafen zu bringen, also konnte Lona sogar mit ihm im selben Taxi dort vorfahren.

Am Tag darauf starb Oskar. Er war seit seinem Unfall und der darauf folgenden Operation nicht mehr aus dem Koma erwacht. Crissy erfuhr es von Henry. Sie rief mich sofort an. Ihre Stimme klang erstickt, hoch und piepsig wie die eines kleinen Mädchens, als sie sagte: «Mona, Oskar ist tot.»

Ich versuchte sie zu trösten, so gut ich konnte, aber natürlich kam ich damit nicht sehr weit. Crissy wirkte tatsächlich tief verzweifelt und untröstlich. Beinahe hätte ich mitgeheult, obwohl ich Oskar persönlich kaum gekannt hatte. Leander und ich waren ja nie zu den Veranstaltungen und Parties gegangen, die der Modemann besucht hatte. Das war nicht Leanders Welt, und damit war die Sache für ihn erledigt gewesen. Von mir nahm er selbstverständlich an, daß ich seine Sicht der Dinge teilte. Eine lange Zeit hatte ich das auch tatsächlich getan, aber neuerdings bereute ich meine Anpassungsfähigkeit. Immerhin waren Typen wie Oskar eher als literarische Vorbilder geeignet als ein trockener Physikdozent, der selbst auf einem Abendessen nur von Quantensprüngen reden konnte oder wollte. Lange Zeit hatte ich solches Geschwätz für intellektuell gehalten und dabei irgendwie übersehen, daß es eigentlich bloß Fachchinesisch war.

«Mona», schniefte Crissy in den Hörer, «auf die Beerdigung morgen kann ich nicht gehen, es wird so viel Prominenz dasein, und ich müßte doch bloß die ganze Zeit heulen. Außerdem werden überall Fotografen herumlungern. Ich will nicht übermorgen mein total verweintes Konterfei in einem Boulevardblatt sehen müssen. Und dann würde ich es, glaube ich, auch nicht ertragen, den Sarg und das offene Grab zu sehen, verstehst du das?»

«Mhm», machte ich. Was hätte ich auch sagen sollen? Daß solche Dinge wie der Tod eben auch zum Leben gehören? All dieses Zeugs, das man in Fällen wie diesem so sagt? Dazu hatte ich keine Lust, ich haßte solche abgegriffenen Phrasen schon seit jeher.

«Ich habe mir gedacht, wir beide könnten am späten Nachmittag zum Friedhof fahren und Blumen aufs Grab legen», fuhr Crissy fort und klang bereits deutlich gefaßter, «dann sind die Totengräber nämlich sicher mit ihrer Arbeit fertig, die Trauergäste längst zu Hause, und ich kann in Ruhe Abschied von Oskar nehmen. Alleine will ich dort nicht hin, und Lona ist ja schon unterwegs. Bitte, Mona ...»

«Natürlich komme ich mit, Crissy, das ist doch klar!»

«Danke, das vergesse ich dir nie. Blumen besorge ich, darum brauchst du dich nicht zu kümmern. Ich hätte nur gerne, daß du fährst, ich bin sicher so schrecklich durcheinander, in dem Zustand möchte ich Lonas Auto lieber nicht steuern.»

«Aber ja, Kleines, kein Problem.»

Das Grab war völlig unter Kränzen und Blumengebinden verschwunden. Vögel zwitscherten, die Sonne stand schon schräg und warf ein mildes Licht über die Szene, als Crissy und ich mit zwei Sträußen weißer Rosen auf dem Friedhof eintrafen. Die Atmosphäre war jetzt wieder ruhig und friedlich hier, aber vor einigen Stunden mußte es wohl richtig gebrodelt haben. Es war eine riesige Menge Trauernder und Neugieriger erwartet worden zu der Begräbnisfeier. Dazu jede Menge Fotografen und Klatschreporter. Nun, morgen würde ich alles in der Zeitung nachlesen können.

Crissy trug eine dunkle Sonnenbrille auf der Nase und hatte sich bei mir untergehakt. Zu meiner Erleichterung weinte sie aber nicht mehr. Sie war nur, ganz gegen ihre sonstige quirlige Art, sehr ruhig, wirkte nachdenklich und in sich gekehrt. Eine Haltung, die ihr ausgezeichnet stand. Sie wirkte reifer und weiblicher dadurch und auf geheimnisvolle Weise noch viel schöner als sonst.

Wir traten ans Grab und legten unsere Rosen auf die anderen Blumen. Mit gesenktem Kopf stand Crissy da, manchmal ging ein leichtes Zittern durch ihren schmalen Körper. Ich überlegte gerade, ob ich sie in den Arm nehmen sollte, als eine männliche Gestalt von der Seite her auf sie zutrat und ebendies tat. Der Mann mußte hinter einer der Birken versteckt gewesen sein. Es war Henry. Ich starrte ihn verblüfft an, aber er grinste mir so vertraulich zu, als ob wir hier verabredet gewesen wären. Crissy schien nicht allzu überrascht zu sein von seinem Auftauchen. Sie lehnte sich an ihn und legte dann ihren Kopf auf seine Schulter. So standen wir eine Weile zu dritt am Grab von Oskar. Keiner von uns dreien sagte ein einziges Wort, nur die Vögel zwitscherten, ansonsten herrschte Stille, Grabesstille.

Und dann, plötzlich, war da dieses Geräusch. Ein gedämpftes, trillerndes Geräusch, das irgendwo aus dem

Blumenhügel auf dem Grab zu kommen schien. Es erinnerte mich entfernt an das Gejodele, das manche Handys hervorbrachten. Diddeldiddeltüt, Diddeldiddeltüt, Diddeldiddeltüt …

Crissy fuhr zusammen. «Was war das denn? Habt ihr das auch gehört?»

«Diddeldiddeltüt, Diddeldiddeltüt …» erklang es aus dem Grab. Ich war mir mittlerweile fast völlig sicher, daß es aus dem Grab oder zumindest aus dem Blumenhaufen darauf hervorjodelte. Es klang wirklich fatal nach einem Handy-Alarm. Die Frage war nur, wo steckte das Ding genau, und wem gehörte es? Ich besaß keines, Crissys war momentan defekt und zur Reparatur, und Henry verfügte meines Wissens auch über keinen dieser Yuppi-Knochen … Also mußte es wohl aus dem Grab tönen!

«Da versucht anscheinend ein Witzbold, den lieben Oskar anzurufen», hörte ich Henry in diesem Moment sagen, «das da klingt verdächtig nach Handy-Alarm. Die Bestatter arbeiten auch immer schlampiger. Vielleicht hatte Oskar das Ding in dem Anzug stecken, den sie der Leiche angezogen haben, und die haben es glatt übersehen.»

Wir starrten uns alle drei an. Henry allerdings konnte nur mühsam ein Grinsen unterdrücken. Ich dagegen bekam eine Gänsehaut, Crissy sagte gar nichts. Inzwischen war das Ding verstummt. Bestimmt hatte sich mittlerweile die Mailbox eingeschaltet. Oskars Stimme verkündete vermutlich in dieser Sekunde, daß er momentan nicht persönlich zu erreichen sei, aber bestimmt zurückrufen werde, sofern der Anrufer Name und Telefonnummer hinterließe … Bei der Vorstellung verstärkte sich meine Gänsehaut noch, gleichzeitig machte sich aber auch ein gewisser Lachreiz bemerkbar. Die Situation war schon makaber, aber irgendwie auch ungeheuer komisch. Wenn davon die Presse Wind bekäme, das gäbe morgen vielleicht Schlagzeilen …

«Die Totengräber sind sicher noch auf dem Gelände», Henry dachte bereits praktisch, «kommt mit, Mädels, die gehen wir jetzt suchen. Die sollen das Ding wieder ausbuddeln …»

«Himmel», rief ich, «nein, Henry, wir brauchen doch keinem was davon zu erzählen. Lassen wir Oskar seinen Frieden.»

Irgendwie hatte mich nämlich plötzlich die Vorstellung überfallen, wie Männer mit Schaufeln jetzt gleich vor unseren Augen das Grab wieder aufreißen würden. So groß konnte meine Neugierde gar nicht sein, als daß ich gerne Zeugin einer solchen Szene geworden wäre. Trotz meiner Neigung zu alten Friedhöfen und Grabinschriften war ich nämlich ansonsten durchaus feige, wenn es sich um frische Leichen und Gräber handelte. Woher diese Inkonsequenz kam, war mir stets schleierhaft geblieben, es war einfach so.

Henry hatte sich bereits auf den Weg gemacht, ohne auf meinen Aufschrei zu achten. Crissy folgte ihm auf dem Fuße, ich hechelte hinterher. Um nichts in der Welt wäre ich jetzt alleine am Grab geblieben, womöglich fing Oskar dort unten tatsächlich auch noch zu telefonieren an. Es war schon ganz anderen Leuten als mir passiert, daß sie auf einmal Stimmen hörten, wo eigentlich gar keine hätten sein dürfen.

Henry fand tatsächlich die beiden Totengräber, die ihren Dienst an Oskar versehen hatten. Sie waren gerade damit fertig geworden, ein anderes Grab auszuheben.

«Mensch, Walther», sagte der eine der beiden Männer zu seinem Kollegen, kaum daß Henry seine Geschichte erzählt hatte, «das ist bestimmt dein Handy, das du seit heute mittag gesucht hast. Das haben wir glatt mit eingegraben, es ist dir sicher aus der Hosentasche gerutscht beim Arbeiten. Das hatte ich dir schon oft prophezeit, erinnerst du dich? Aber daß es ausgerechnet bei dem Promi passieren muß ...»

Der Angesprochene starrte verlegen zu Boden, dann sah er erst Henry und dann mir in die Augen. Bei Crissy ging das nicht, wegen der Sonnenbrille. Außerdem wirkte sie so abwesend wie eine Wachspuppe.

«Die Herrschaften werden doch bestimmt nichts ausplaudern», sagte er dann, «wenn die Pressefritzen davon Wind kriegen, das könnte meinen Job kosten.»

Henry und ich sagten gleichzeitig und wie auf Kommando: «Keine Sorge, wir schweigen!» Crissy nickte ein wenig.

«Also dann», sagte der andere Totengräber erleichtert, «dann wollen wir mal, das haben wir gleich! Das Ding kann nicht sehr tief unter der Erde liegen, sonst hätte man den Alarm nämlich nicht mehr hören können, meines Erachtens. Und aus dem Sarg dringt so was sicher nicht bis nach oben.»

Ich fand, daß der Knabe gut war im Logischdenken. Hätte ich eigentlich auch drauf kommen können! Zuerst hatte ich ja sogar gedacht, das Geräusch käme irgendwo aus dem Blumenhaufen, weil es so nah und deutlich zu hören war. Das konnte natürlich auch der Fall sein. Ich überlegte noch, ob ich den beiden Männern diesen Hinweis mit auf den Weg geben sollte, aber sie waren schon ein Stück weit weg, und hinterherrennen mochte ich nicht. Sie würden die Kränze und Blumen ohnehin zuerst wegnehmen müssen, dann würden sie schon sehen.

Ehe die beiden um die nächste Biegung verschwunden waren, die zum Grab von Oskar führte, hörten wir noch, wie der verhinderte Handy-Besitzer zu seinem Kollegen sprach: «Mann, der Anruf vorhin, das war garantiert meine Holde. Die wird wieder einen Zirkus machen, weil ich nicht rangegangen bin. Die denkt doch dann immer, ich bin bei einer anderen, mitten am hellichten Tag.»

Ich mußte stehenbleiben, mit meiner Fassung war es endgültig vorbei. Ein unbezähmbarer Lachreiz kitzelte meinen Hals. Ich prustete einfach los, ich konnte wirklich nicht anders. Da war es natürlich auch um Henry geschehen. Und dann fiel auch noch Crissy mit ein.

Als wir uns wieder einigermaßen beruhigt hatten, schlug Henry vor: «Los, jetzt gehen wir einen trinken auf Oskar und das ewige Leben, das ihm beschieden sein möge ...»

«Amen», sagte ich.

«Ihr beiden seid unmöglich!» Das war Crissy, aber sie sagte es mit einem kleinen, traurigen Lächeln. Da wußte ich, daß mit ihr alles in Ordnung war.

Später, in der Kneipe, in die Henry uns geschleppt hatte, schworen wir drei uns hoch und heilig, niemandem ein Sterbenswörtchen von der Episode zu erzählen. Das glaubten wir Oskar einfach schuldig zu sein.

SECHS

SECHS

Als ich an diesem Abend erst reichlich spät aus der Kneipe nach Hause kam, war Leander da.

«Hallo», begrüßte er mich, ehe er die Arme um mich legte und mir mit gespitzten Lippen einen Kuß auf den Mund gab. «Du riechst nach Kneipe und Bier», stellte er sofort fest.

«Wir haben einen auf Oskar getrunken, er ist nämlich tot. Die Beerdigung war heute», erklärte ich, denn ich nahm an, daß Leander noch nichts von dieser neuen Entwicklung wußte.

«Hm, tja, tragisch, tragisch ...» murmelte Leander und zog mich Richtung Schlafzimmer.

Wollte er etwa Sex? Jetzt, sofort? Mir war gar nicht danach, jedenfalls nicht mit ihm! Ich mochte es nicht, wenn er mich so ohne Vorwarnung in meiner eigenen Wohnung einfach überfiel. Ich hatte schon ein paarmal bereut, ihm den Schlüssel gegeben zu haben ...

«He, was soll das?» protestierte ich.

«Ich habe dich vermißt», schnurrte er.

Er stupste mich aufs Bett und fiel dann der Länge nach auf mich drauf. Die Bettfedern quietschten empört. Dummerweise trug ich das schwarze, kurze Kleid, schließlich war ich ja auf einer Beerdigung gewesen. Oder beinahe jedenfalls. Leander schob das Kleid einfach hoch bis zu meinem Busen, wo es einen unschönen Wulst warf.

Na bravo! Bei 50 % Leinenanteil würde es morgen so zerknittert sein, daß ich ein tonnenschweres Bügeleisen brauchen würde, um die Falten wieder auszubügeln! Ich keuchte ein bißchen vor unterdrückter Wut, was Leander augenscheinlich für ein Zeichen von Leidenschaft hielt. Jedenfalls riß er mir mit einem harten, schmerzhaften Ruck den schwarzen Tanga-Slip vom Leib. Der Stoff knirschte und ächzte häßlich, als er an einer Seite aufriß. Ich fauchte vor Empörung wie eine Raubkatze. Das Ding hatte 45 Mark gekostet, und ich hatte es erst vor zwei Wochen erstanden. Extra für den Sommer, damit sich unter engen Kleidern nicht soviel abzeichnete.

Wieder wurde meine Unmutsäußerung falsch interpretiert.

«Ja, meine Süße, du bist wohl geil ... Hat es dir keiner besorgt in den letzten Wochen ...» stöhnte Leander an meinem Hals, während er sich zwischen meine Schenkel zwängte, wobei er die Knie mit beiden Händen auseinanderdrückte. Er kam anscheinend gar nicht auf die Idee, daß eine Frau, die wirklich geil auf ihren Kerl war, die Beine freiwillig auseinandernehmen könnte ...

Er drang in mich ein, obwohl ich noch staubtrocken war da unten. Ich schrie auf, leider nicht vor Lust, sondern vor Schmerz. Sofort preßte er seine feuchten Lippen auf meinen Mund, dazu knurrte er auch noch wie ein Stubentiger. Ich versuchte mich zu entspannen, die Bauchdecke zu lockern wie beim Frauenarzt, damit die Prozedur zumindest angenehmer wurde. Daß Leander gerade eben so etwas wie eine Vergewaltigung hinlegte, schien ihm nicht im geringsten aufzufallen. Wußte er nicht, daß man(n) eine Frau erst nehmen sollte, wenn sie so feucht war, daß sie beinahe davonfloß? Zur Not hätte man auch Vaseline benutzen können. Aber einfach so draufloszurammeln war schon der Gipfel an Unverfrorenheit! Natürlich hatte ich nicht «Nein, nein!» oder gar «Hilfe!» geschrien, das mußte ich zugeben, trotzdem fühlte ich mich einfach benutzt. Das war in letzter Zeit schon einige Male passiert. Aber jedesmal, wenn ich versucht hatte, Leander hinterher vorsichtig darauf anzusprechen, hatte er so getan, als ob er gar nicht wüßte, wovon ich spreche. Einmal hatte er gesagt: «Was mußt du dich auch so anstellen dabei ...», das war der einzige Kommentar gewesen, der ihm dazu eingefallen war. Das Problem war, daß ich irgendwann begonnen hatte zu glauben, mit mir sei etwas nicht in Ordnung. Obwohl ich, wenn ich Annabelles Abenteuer niederschrieb, häufig selbst solchen Appetit bekam, daß mein Slip hinterher vor Feuchtigkeit quietschte. Also funktionierte wohl doch noch alles bei mir ...

Zum Glück war Leander diesmal nach einigen harten Stößen bereits fertig und rollte von mir herunter.

«Ich hab das jetzt gebraucht», murmelte er bereits schlaftrunken. Dann nuschelte er noch etwas, das klang wie: «Zwei Wochen ohne Sex sind viel für einen gesunden Mann ...», ehe er übergangslos zu schnarchen begann.

Zwei Wochen ohne Sex! Soso, sehr interessant! Der Herr war fast vier Wochen weg gewesen!

Ich ging ins Bad, zog mein Knitterkleid aus, duschte und schminkte mich sorgfältig ab. Als ich ins Schlafzimmer zurückkam, schnarchte Leander zum Steinerweichen. Ich rüttelte ihn unsanft wach.

«Du kannst heute nacht nicht hier schlafen», sagte ich, «erstens schnarchst du so laut, daß ich nicht einschlafen kann, und zweitens muß ich morgen früh raus und eine Annabelle-Story fertigschreiben. Ich bin bereits im Lieferverzug!»

«Du bereitest einem nicht gerade herzliche Empfänge», maulte er, «ist dir das bewußt, Mona?»

Dummerweise tat er mir da schon fast wieder leid. Er sah wirklich müde und abgespannt aus. Und bei ihm zu Hause waren weder die Betten bezogen noch etwas im Kühlschrank. Ich hatte ja nicht gewußt, daß er schon heute hiersein würde. Aber dann fiel mir ein, daß er ja noch mal hätte anrufen und mich vorwarnen können, und dann war ich auch nicht seine Ehefrau oder seine Haushälterin! Als ich diese Tatsachen laut aussprach, zog er beleidigt ab.

Ich legte mich ins Bett und heulte eine Runde. Irgendwie fühlte ich mich todunglücklich und wußte nicht, wie ich dieses besch... Gefühl wieder loswerden konnte.

Am nächsten Morgen, beim Erwachen, fühlte ich mich kaum besser. Außerdem brummte mein Kopf. Zwischen den Beinen hatte ich ein wundes Gefühl. Ich machte mir ein karges Frühstück zurecht, das ich ohne Appetit verzehrte. Dann setzte ich mich an den Schreibtisch, weil ich unbedingt die Story zwischen Annabelle und Carlos fertigbringen mußte.

Und da saß ich dann! Und nichts ging mehr. Ich brachte es nicht fertig, die Sexszene zu schreiben, um nichts in der Welt. Alles in mir sträubte sich, ich ekelte mich geradezu. Die Szene zwischen Leander und mir letzte Nacht schob sich vor mein geistiges Auge, sobald Carlos in meinen Gedanken auch nur begann, eine Hand nach Annabelle auszustrecken.

Gegen Mittag gab ich es schließlich auf und schaltete den Computer aus. Ich fühlte Panik, nackte Panik in mir aufsteigen. Ich lebte schließlich vom Schreiben dieser Geschichten, und jetzt so eine totale Schreibblockade! Ob ich am Ende einen Psychiater brauchte?

Als das Telefon klingelte, überlegte ich einen Moment, nicht ranzugehen. Um nichts in der Welt wollte ich jetzt mit Leander sprechen. Aber es war Lona. In Sydney war es bereits später Abend und Klaus noch immer mit einem Geschäftspartner unterwegs. Lona saß alleine im Hotelzimmer und langweilte sich, erklärte sie mir. Da sei sie auf die Idee gekommen, mal kurz zu Hause anzurufen. Crissy wäre aber nicht daheim, da habe sie es jetzt eben bei mir probiert.

Ich erzählte ihr von Oskars Tod, den sie ja nicht mehr mitbekommen hatte. Sie sorgte sich natürlich sofort um Crissy, aber in der Hinsicht konnte ich sie beruhigen.

«Und wie geht es dir?» fragte ich schließlich.

«Geht so. Das Wetter ist ziemlich mies hier, der australische Winter hat begonnen. Klaus ist ständig beschäftigt, und ich klappere mutterseelenallein und frierend die wichtigsten Sehenswürdigkeiten ab. Außerdem zieht mein Ex alte Saiten auf, stell dir vor! Als wären wir immer noch verheiratet. Der hat sich doch kein bißchen verändert ...»

«Was hast du denn erwartet?» fragte ich düster. «Der Mensch an sich ändert sich höchst selten, eigentlich nie, wie uns die Erfahrung lehrt. Warum sollte dein Klaus da eine Ausnahme sein?»

«Hm», machte Lona, «irgendwie hatte ich eben geglaubt ... Ach, lassen wir das. Erzähl lieber von dir, du klingst so komisch, beinahe als ob du geweint hättest.»

«Hab ich auch. Leander ist wieder hier. Heute nacht war er in meiner Wohnung, als ich von dem Umtrunk zu Oskars Ehren nach Hause gekommen bin.»

«Und deswegen weinst du? Habt ihr euch verkracht?»

Ich holte tief Luft und erzählte ihr dann die nächtliche Szene.

«Donnerwetter», explodierte Lona, «ist das ein unsensibler Holzklotz!» Eine Weile blieb es ganz still im Hörer, nur ein leichtes Rauschen war zu hören.

«Hallo, Lona, bist du noch dran?» rief ich.

«Klar, ich habe bloß nachgedacht. Erinnerst du dich an unser Gespräch über die Suche nach einem Zweitmann? Ich glaube, wir sind jetzt beide wirklich reif dafür, Mona!»

«Du auch?» fragte ich und konnte sogar lachen dabei.

«Aber gerade ich auch! Nach dieser Reise ...» Lona brach ab.

«Hast du Klaus wenigstens schon wegen des Geldes überzeugen können?» erkundigte ich mich.

«Angesprochen habe ich das Thema, ja. Er hat sich natürlich Bedenkzeit erbeten, aber ich glaube, das geht klar.»

«Immerhin etwas! Und anschließend könntest du ihn doch in den Wind schießen, oder nicht?»

Lona lachte trocken. «So einfach wird das, fürchte ich, auch wieder nicht sein. Er ist immerhin der Vater von Felix, und außerdem gibt es da so etwas wie einen Gewöhnungsfaktor. Denk mal darüber nach, warum du etwa sonst Leander noch nicht in den Wind geschossen hast, hm? Übergroße Liebe oder erotische Anziehungskräfte kommen dafür wohl eher weniger in Betracht. Dann schon eher noch eine latente Furcht vor dem Alleinsein, oder?»

Ich seufzte. «Vielleicht hast du sogar recht. Außerdem hofft man ja immer, es könnte sich alles vielleicht wieder einpendeln. Schließlich bin ich auch nicht immer leicht zu haben und ...»

«Jaja», seufzte Lona nun ebenfalls, «und in der Zwischenzeit, während wir noch überlegen und hoffen und warten und jammern, gehen sie dahin, unsere besten Jahre! Und ändern wird sich gar nichts auf diese Weise, und dann wird es eines Tages auch vorbei sein mit den Chancen, sich einen Zweitmann zuzulegen, und dann?»

«Was schlägst du also vor?»

«Sobald ich zurück bin, gehe ich auf die Suche nach einem passenden Laden, so oder so. Und du gehst auch auf Suche, sonst mache ich dir Beine, meine Liebe!»

«Ich brauche aber gar keinen Laden», protestierte ich.

«Einen Zweitmann brauchst du, Schäfchen! Und ich auch! Zuerst den Laden, dann den Mann, in dieser Reihenfolge. Aber Crissy darf davon nichts wissen, hörst du? Sie ist noch zu jung, die hat noch alle Hände voll zu tun, eine passende Erstausgabe aufzutreiben! In ihrem Alter glaubt man ja bekanntlich noch an die große, wahre, einzige Liebe. Ich möchte nicht, daß ihr diese Illusion allzu frühzeitig flötengeht. Das kommt noch früh genug und von ganz alleine.»

«Tja», sagte ich, «wo du recht hast, hast du recht.»

Dann bat Lona mich noch, in den nächsten Tagen bei Josefine vorbeizuschauen, um zu sehen, ob mit Felix alles in Ordnung war. Zwar habe Klaus jeden Tag mit seiner Frau telefoniert und diese nichts von unerfreulichen Ereignissen berichtet, aber Lona würde sich sicherer fühlen, wenn ich dies bestätigen könnte. Ich versprach es. Lona versprach, in einigen Tagen erneut anzurufen. Immerhin zahlte die Rechnung Klaus' Firma. Das gedachte sie weidlich auszunützen. Frei nach dem Motto: «Frau gönnt sich ja sonst nichts. Höchstens einen Zweitmann, hahaha ...»

Als ich aufgelegt hatte, fühlte ich mich bereits deutlich besser. Lonas praktische Art und ihre optimistische Entschlußkraft hatten mich mitgerissen. Jetzt sah ich sogar einem Zusammentreffen mit Leander gelassener entgegen. Vermutlich würde er ohnehin wieder so tun, als wäre überhaupt nichts passiert. Denn darin war Leander Meister, im «Unter-den-Teppich-Kehren»!

Weil ich wußte, daß es an diesem Nachmittag sowieso keinen Zweck mehr haben würde, sich nochmals an den Schreibtisch zu setzen, beschloß ich, einige Besorgungen zu machen und irgendwo einen Espresso zu trinken. Ich schminkte mich sorgfältig und zog ein freches, leichtes Kleid an, ehe ich das Haus verließ. Zur Feier des Tages trug ich sogar meine hochhackigen Gold-Sandalen, obwohl ich dies hinterher wieder mit Wadenkrämpfen würde büßen müssen.

Es war ein Tag, wie geschaffen für mein spezielles Faible, das Leutebeobachten. Die Sonne lockte die Menschen aus den Wohnungen und brachte gleichzeitig die

Hormonausschüttung auf Vordermann. Jedenfalls kam es mir so vor, und meine Beobachtungsgabe täuschte mich selten. Überall wurde gebaggert und geflirtet. Anscheinend hatte ganz München Urlaub genommen. Bis auf das geplagte Personal in den Cafés und Biergärten natürlich. Ich verdrängte erfolgreich die Gedanken an die letzte Nacht und beschloß, schon mal Ausschau zu halten und das Männerangebot zu sichten. Falls Lona auf ihrer Idee beharren sollte, und daran zweifelte ich eigentlich nicht mehr, war es gut, gewappnet und möglichst sogar vorbereitet zu sein. Außerdem war ich zu allem bereit, bloß um meine Schreibblockade zu brechen. Schon ein feuriger Blick aus dunklen, begehrlich glitzernden Augen konnte da vielleicht genügen. Leider tat sich nichts! Zwar warfen einige Jünglinge auffordernde Blicke, aber die Kerlchen trafen absolut nicht meine Geschmacksrichtung. Lona hatte außerdem von einem Zweit-«Mann» gesprochen, nicht von Mamas Zweitgeborenen. Allerdings schien in der Altersklasse zwischen fünfunddreißig und fünfundvierzig zur Zeit wenig unterwegs zu sein. Und wenn, dann war es schwer bewacht. Meistens von gestylten Blondinen, deren Blicke keine Zweifel daran ließen, daß es lebensgefährlich sein konnte, in fremden Revieren zu wildern.

Ach Lona, du wirst dich noch wundern! So leicht, wie du dir die Sache vorzustellen scheinst, ist sie mitnichten. Und darauf, die Zweitfrau meines Zweitmannes zu werden, hatte ich, ehrlich gesagt, keine Lust. Das war sowieso der Haken an der Geschichte – ich war viel zu besitzergreifend, um lediglich die heimliche Geliebte im Hintergrund abzugeben.

Ich stöckelte die Leopoldstraße hinauf, passierte das Eiscafé Rialto und wollte eigentlich die Straßenseite wechseln, um zur Hohenzollernstraße zu gelangen, als es hinter mir herpfiff. Natürlich reagierte ich nicht. So was lag unter meiner Würde! Allerdings hatte ich nicht mit der Hartnäckigkeit des Typen gerechnet. Er mußte einen Bogen geschlagen haben, denn plötzlich kam er mir seitlich entgegen.

«Hallo, schöne Frau! Ich will Sie nicht belästigen, aber ich mußte Sie einfach ansprechen. Wegen Ihnen habe ich fluchtartig meinen Tisch im Rialto im Stich gelassen und bin Ihnen nachgelaufen ...»

Ich musterte den Knaben hochnäsig von oben bis unten.

Zu alt! So ging es schon mal los. Gut und teuer gekleidet, immerhin schien er Geld und Stil zu haben (mein Snobismus kannte manchmal keine Grenzen, aber heute war ich vermutlich auf jeden Mann sauer!) – graue, nakkenlange Haare, viel zu viele Falten im Gesicht, trübe Augen. Soweit meine harsche Bestandsaufnahme. Aber gingen Männer mit uns Frauen anders um? Wurden wir nicht täglich, stündlich taxiert und eingeordnet ...?

«Sie werden noch einen Herzinfarkt kriegen bei der Hitze!» warnte ich ihn hämisch. «Laufen Sie eigentlich öfter fremden Frauen nach?»

«Niemals!» Er probierte es mit jener Sorte von treuherzigem Blick, der bei einem Vierjährigen vielleicht putzig gewirkt hätte. Ihm verlieh das bloß das Aussehen eines traurigen Hush-Puppy-Hundes!

«Nur so schönen wie Ihnen», setzte er noch eins drauf, um das Faß endgültig zum Überlaufen zu bringen. Dann machte er die typische Handbewegung eines erfolgreichen Geschäftsmannes. Er zog aus der Brustinnentasche seines federleichten Edelsakkos eine Visitenkarte, die er mir mit einer kleinen Verbeugung überreichte.

Ich guckte rasch nach links und dann nach rechts, um zu überprüfen, ob ich etwa peinlicherweise gerade von irgendwelchen bekannten Gesichtern beobachtet wurde. Die Luft schien rein zu sein!

«Was soll ich denn damit?» fragte ich, um ihn zu verunsichern und zum Abzischen zu bewegen.

«Sie könnten mich anrufen ...» Hartnäckig war er, das mußte ich ihm lassen.

«Warum sollte ich Sie anrufen wollen?»

«Nun, ich dachte, wir könnten vielleicht ... einmal ... ich meine ... ein schönes Abendessen zu zweit. Irgendwo in einem guten Restaurant ...» Er brach ab und starrte mich an. «Ach so, ich verstehe, Sie wollen nicht ... Sind Sie etwa verheiratet?»

«Zum Glück nicht!» entfuhr es mir, was ihm prompt sofort neuen Auftrieb gab.

«Wenn Sie mir Ihre Telefonnummer geben würden, könnte auch ich Sie anrufen, wenn Ihnen das lieber ist ...»

Der Kerl besaß tatsächlich Nerven! Obwohl er so fertig aussah. Hatte er vielleicht auch bloß eine schlechte Nacht gehabt? So wie ich ...? Dann war er womöglich ansonsten ganz passabel und hatte eine zweite Chance verdient ...

Plötzlich ritt mich der Teufel! «Na schön», sagte ich langsam, «wenn Sie wollen!» und holte eines meiner Visitenkärtchen hervor. Ich lächelte zuckersüß, als ich sie ihm überreichte. Er strahlte. Ich wandte mich zum Gehen. Die Fußgängerampel war gerade grün …

«Ich rufe Sie ganz sicher an», brüllte er mir hinterher. Eine müde aussehende junge Mutter mit Kinderwagen starrte mir daraufhin neidisch ins Gesicht.

Es dämmerte mir schlagartig, daß sie mich vermutlich um meine Freiheit, um die bloße Möglichkeit eines Dates mit einem fremden Mann, der einen einfach so auf der Straße ansprach, beneidete. Vielleicht war sie mit einem Typen wie Leander verheiratet und mußte jede Woche das Haushaltsgeld mit ihm abrechnen und durfte nur vernünftige Sachen kaufen, konnte wegen des Babys nie mit Freundinnen einfach so in die Kneipe gehen und langweilte sich ansonsten auch noch schrecklich mit ihrem Mann, vor allem im Bett!

Lona, dachte ich, vielleicht wissen wir beide gar nicht, wie gut es uns im Vergleich dazu geht!

Ich warf einen Blick auf die Visitenkarte in meiner Hand: Komma-GmbH, Wolf Zerner, Geschäftsführer, las ich. Ich steckte das Kärtchen ein, man konnte schließlich nie wissen! Dann entdeckte ich, daß meine Lieblingsboutique ein bildschönes Fähnchen im Schaufenster hatte. Also ging ich in den Laden, Wolf Zerner hatte ich im selben Moment vergessen. Der wäre ja auch wohl nicht einmal als Drittmann in Frage gekommen …

Am Abend, ich war erst nach Hause gekommen und hatte gerade lauwarm geduscht, rief er an! Er schien getrunken zu haben, trotzdem erkannte ich seine kratzige Stimme sofort.

«Hallo, schöne Frau», nuschelte er mühsam, «darf ich wagen, dich zu fragen …»

«Hören Sie», unterbrach ich ihn sofort, «ich glaube, Sie überschätzen sich gewaltig! Bloß weil ich Ihnen vorhin meine Karte gegeben habe …»

«Wir waren aber heute nachmittag schon mal per du!» beschwerte er sich beinahe weinerlich.

«Nicht daß ich wüßte!»

«Aber ja! Ich hatte dir den Wein gekauft, wir haben angestoßen, und dann hast du mir sogar ein Bussi gegeben, auf den Mund! Ich habe zwar schon gemerkt, daß du ständig mit dem dunkelhaarigen Mann am Nebentisch geliebäugelt hast … Kann ich ja verstehen, war ein gutaussehender Typ … aber geküßt hast du mich trotzdem und seitdem …» Er wurde immer kläglicher, brach schließlich ab. Schweigen und Schnaufen drang durch den Hörer an mein strapaziertes Ohr. Mir war klar, der Kerl verwechselte mich! Er hatte also heute nachmittag seinen Beutezug noch weiter fortgesetzt, vermutlich wieder ein Visitenkärtchen ergattert, und jetzt wußte er nicht mehr, welche Dame zu welchem Namen gehörte!

Nur mühsam verkniff ich mir ein Lachen. Allmählich dämmerte mir nämlich das Komische an der ganzen Situation, trotzdem wollte ich unter allen Umständen streng und hart bleiben, um ihn davon abzuhalten, jemals wieder meine Nummer zu wählen.

«Hören Sie», sagte ich barsch, «ich kann Typen auf den Tod nicht ausstehen, die sich an jede heranmachen und dann nicht einmal die Telefonnummern und Namen auseinanderhalten können! Kapiert?» Damit knallte ich den Hörer auf. Ich war mir sicher, von Wolf Zerner nie wieder im Leben etwas zu hören. Gleichzeitig hatte ich bereits die erste Lektion auf meiner Suche nach dem

Zweitmann gelernt: Nie, auch nicht aus Übermut oder bloßer Neugierde, die eigene Telefonnummer herausrükken!

Lustig fand ich die Geschichte trotzdem. Irgendwie, irgendwann würde ich sie garantiert fürs Schreiben verbraten. Ich merkte, wie ich wieder Oberwasser bekam. Vielleicht konnten morgen früh Annabelle und Carlos endlich zur Sache kommen …

Konnten sie dann aber doch nicht, weil ich nach dem Aufstehen schon wieder diesen Katzenjammer spürte. Leander hatte nicht angerufen, seit ich ihn in der vorletzten Nacht rausgeworfen hatte. Also wurde es diesmal ernst. Vermutlich stand mir eine hochnotpeinliche Aussprache ins Haus, und davor graute mir furchtbar. Ich bereute idiotischerweise bereits, so hart gewesen zu sein. Ein Bruch mit Leander würde mich garantiert ganz schön treffen, gestand ich mir widerwillig ein. Obwohl das natürlich irgendwie im Widerspruch stand zu meinem Verhalten und meinen Überlegungen. Oder hatte Lona doch recht, als sie angedeutet hatte, ich könnte einfach Angst vor dem Alleinsein haben?

Als das Telefon klingelte, mußte ich mich überwinden abzuheben. Schließlich tat ich es doch.

Es war die Redakteurin, der ich meinen Friedhofsartikel geschickt hatte. Sie wolle mir nur sagen, daß ihr das Manuskript sehr gut gefalle und bereits in der übernächsten Ausgabe im Blatt erscheinen werde. Ich dankte ihr geradezu überschwenglich für die gute Nachricht. Hinterher war mir um vieles wohler, weil das vereinbarte Honorar ganz anständig war und mich meiner Geldsorgen für den nächsten Monat entheben würde. Miete gesichert, Versicherungen bezahlt, verhungern würde ich auch nicht! Also konnte ich beruhigt Annabelle und Carlos noch etwas zappeln lassen.

«Sorry, Carlos!» murmelte ich. «Du kannst ja in der Zwischenzeit kalt duschen, oder meinetwegen behalte deinen Dauerständer, wenn dir danach ist! Du mußt schließlich nicht deinen Lebensunterhalt selbst verdienen, so wie ich, die ich leider aus Fleisch und Blut bin ...» Nach diesem Ausflug ins Mystisch-Philosophische mußte ich dann wieder an Leander denken. Wenn das Telefon jetzt gleich noch einmal klingelte, würde er es sicher sein. Dann mußte beinahe zwangsläufig eine fruchtlose Diskussion folgen, weil er sowieso nicht kapieren würde, was ich ihm erklären könnte! Und auch dieser Tag wäre damit verdorben.

Ich beschloß, die ganze Sache lieber noch ein wenig zu verdrängen und sicherheitshalber die Wohnung zu verlassen. Leander konnte ja auf den Anrufbeantworter quatschen, wenn er etwas von mir wollte. Glücklicherweise war mir gerade wieder eingefallen, daß ich Lona ja versprochen hatte, nach Felix zu sehen. Es war mittlerweile gleich Mittagszeit, also würde Felix bald aus dem Kindergarten kommen.

Als Josefine mir die Tür öffnete, erschrak ich. Sie sah fertig aus, blaß, abgehärmt und mit dunklen Augenringen geschmückt. Ihre langen blonden Haare wirkten stumpf und wie mit einem Grauschleier überzogen. Ich erinnerte mich an den Tag, als ich sie zum ersten Mal an der Seite von Klaus gesehen hatte. Damals wirkte sie strahlend jung, hübsch und voller Leben. Dafür hatte Lona wie durch den Fleischwolf gedreht ausgesehen. Es war auf dieser Party gewesen, wohin es Lona und mich eher zufällig verschlagen hatte. Eigentlich hatte Crissy uns mitgeschleppt, sie kannte den Gastgeber, der in der Modebranche tätig war. Klaus und Josefine gehörten damals auch zu den Gästen, keine von uns dreien hatte das gewußt. Mittlerweile waren Lona und Josefine längst per du, und zu Josefines letztem Geburtstag ohne die Zwillinge (die nahmen in ihrem Bauch daran teil) war ich – zusammen mit Lona – ebenfalls eingeladen gewesen. Seitdem kam ich eigentlich ganz gut mit Josefine klar. Sie war gar nicht so übel, wenn sie auch meiner besten Freundin den Mann weggeschnappt hatte. Immerhin war Lona gerade dabei, die Dinge wieder ins rechte Lot zu rücken ...

«Alles in Ordnung?» fragte ich vorsichtig. Im Hintergrund hörte ich jetzt den Fernseher laufen und Felix laut lachen. Dann setzte auch noch ein zweistimmiges Gebrüll ein. Die Zwillinge schienen aufgewacht zu sein.

In Josefines Augen schimmerten plötzlich Tränen.

«Hör dir das an», jammerte sie, «es ist zum Verrücktwerden», dann trat sie zur Seite, damit ich ins Haus konnte.

Überall lag Spielzeug von Felix herum. Als ich ins Wohnzimmer trat, stolperte ich beinahe über ein Feuerwehrauto aus Plastik. Felix verfolgte irgendeinen Zeichentrickfilm auf dem Bildschirm. Ich wußte, daß Lona es nicht gutgeheißen hätte, zu Hause durfte er das nicht. Josefine wußte das auch ... «Er ist so lebhaft, und ich habe ja auch noch die Zwillinge und das Haus zu versorgen und ...» Sie brach ab, weil ihr wohl selber dämmerte, daß sie sich vor mir nun wirklich nicht zu rechtfertigen brauchte. Sie tat mir leid in diesem Moment, wie sie so dastand, mit hängenden Schultern, sich dann straffte und hinüberschlurfte zu den brüllenden Zwillingen.

«Na, Felix, alles klar?» fragte ich.

Er sah nur kurz hoch zu mir, grinste und meinte: «Ja, klar, Tante Mona!» Aha, na dann! Immerhin würde ich seine Mutter beruhigen können, wenn sie wieder anrief.

Ich folgte Josefine ins Kinderzimmer und nahm ihr einen Zwilling ab.

«Hör mal», begann ich vorsichtig, «ich übernehme gerne für heute nachmittag Lonas Racker. Ich fahre raus mit ihm zu Therese. Es ist so ein herrlicher Tag, und sie wird sich freuen. Dort kann Felix sich austoben. Und du bringst die Zwillinge am besten zu deiner Mutter, die wohnt doch nicht weit weg. Dann schläfst du mal zwei Stunden und gönnst dir später irgendwo noch einen Eiskaffee. Du siehst total fertig aus, Josefine!»

«Danke, Mona. Du bist ein Schatz!» sagte sie und schluckte. «Dem Angebot kann ich nicht widerstehen.»

Am liebsten hätte ich sie in den Arm genommen und getröstet wie ein kleines Mädchen. Gleichzeitig kam ich mir schäbig vor. Immerhin wußte ich genau, daß diese total übermüdete junge Frau von ihrem Ehemann schamlos hintergangen wurde. Während sie seine Kinder hüten und dabei ihre Kräfte verschleißen durfte. Und ich zog hier die große Show von der selbstlosen großherzigen Freundin ab. Aber was hätte ich machen sollen? Shit happens, sagen die Amerikaner zu recht.

Ich versuchte mich zu erinnern, wie diese blasse Person hier vor nicht allzu langer Zeit meiner besten Freundin beinahe dasselbe angetan hatte. Ebenfalls ohne mit der Wimper zu zucken. Das half ein bißchen gegen mein schlechtes Gewissen, aber leider nicht viel. Das «Auge um Auge, Zahn um Zahn»-Prinzip war mir immer schon suspekt gewesen ...

«Komm, Felix», rief ich, «wir fahren zu Therese!»

Er stieß ein Indianergeheul aus und kam angerannt.

«Super! Schlafen wir auch bei Oma Therese, Tante Mona?»

«Geht nicht! Du mußt morgen früh in den Kindergarten, und ich muß arbeiten. Vielleicht am Wochenende ...» Josefine warf mir einen derart dankbaren Blick zu, daß ich fast rot wurde. Mit Felix an der Hand flüchtete ich vor meinem schlechten Gewissen hinaus in mein Auto. Und dabei sollten Frauen sich doch gegenseitig unterstützen, dachte ich. Bis mir einfiel, daß ich dies ja gerade tat! Ich unterstützte Josefine, und daß ich meine beste Freundin Lona verriet, das konnte nun wirklich niemand von mir verlangen! Klaus hätten die Hammelbeine langgezogen gehört, soviel stand fest. Josefine würde in ihrem jetzigen Zustand vermutlich ohnehin bloß zusammenklappen, wenn man sie aufklären würde. Klaus hingegen würde seine Abreibung schon noch kriegen, spätestens wenn Lona mit ihm fertig war! Auf den Tag freute ich mich.

Therese empfing Felix und mich mit offenen Armen. Sie strahlte übers ganze Gesicht, als ich ihr Oskars Sterbebildchen als Mitbringsel in die Hand drückte. Normalerweise gab es so was in der Stadt ja kaum mehr, aber der Modekönig stammte ursprünglich von einem Bauernhof, und seine ländliche Verwandtschaft hatte wohl auf der Drucklegung bestanden.

«Hat der viel Geld verdient?» fragte Therese. «Mit seiner Mode, dieser Oskar?»

«Ich glaube schon.»

Sie nickte. «Tot ist er jetzt trotzdem», stellte sie dann trocken fest, «und hat keine Kinder gehabt. Jetzt kriegt das ganze schöne Geld am End die Kirche? Oder die Herren vom Rathaus in München?»

Ich zuckte die Achseln, ich war da nicht so im Bilde.

«Siehst, Mona!» sagte Therese und starrte immer noch auf Oskars Konterfei mit dem frommen Spruch darunter. «So geht es einem, der keine Kinder hat.» Sie wartete erst gar nicht meine Antwort ab, sondern nahm Felix an der Hand: «Komm, Bub, ich hab heute einen frischen Apfelstrudel gebacken, den magst du doch?» Für Therese war alles klar …

Als ich Felix abends zu Josefine zurückbrachte, versprach ich ihr, das Wochenende tatsächlich mit ihm auf Thereses Hof zu verbringen. Und schämte mich schon wieder für ihre Dankbarkeit. Denn eigentlich befreite mich diese Aktion ja vor allem von der Gefahr, am Wochenende Leander sehen zu müssen …

SIEBEN

Am Samstag fuhren wir schließlich zu dritt hinaus zu Therese. Felix, Crissy und ich. Sie hatte bereits am frühen Morgen angerufen, nach einer durchfeierten Nacht.

«Josefine hat mir eben erzählt, was ihr vorhabt», Crissys Stimme klang regelrecht verraucht, «eigentlich hatte ich mir ebenfalls gedacht, ich könnte mit Felix mal was unternehmen an diesem Wochenende», sagte Lonas Schwesterlein. «Was haltet ihr davon, wenn ich einfach mit rauskomme aufs Land? So ein bißchen frische Luft würde mir garantiert nicht schaden. Nach all den langen Nächten ...» Crissy kicherte.

Also rief ich Therese an, die nichts dagegen hatte, endlich auch Lonas jüngere Schwester kennenzulernen, von der sie schon so viel gehört hatte.

Zwei Stunden später packte ich Felix und Crissy in meinen Wagen und startete. Crissy wirkte ein wenig überdreht, war blaß und ungeschminkt. Münchens Party-Nächte hatten ihre Spuren hinterlassen. Trotzdem sah sie hübsch aus. Eine Tatsache, um die ich sie ein bißchen beneidete, bei mir waren diese Zeiten vorbei. Nach einer durchzechten Nacht traute ich mich erst vierundzwanzig Stunden später wieder unter die Leute. Und zwar nach einem ausgiebigen Schönheitsschlaf.

Felix krähte vergnügt im Auto, während Crissy unentwegt redete. Mir haarklein alle Geschichten und Geschichtchen des Münchner Nachtlebens weitererzählte. Dazu plärrte noch das Autoradio. Die Geräuschkulisse war beeindruckend. Trotzdem fühlte ich mich wohl, zumindest brauchte ich so nicht über meine eigene Situation nachzudenken, immerhin hatte ich ja auch noch den Wagen sicher zu steuern.

«Henry hat gestern abend übrigens den Vogel abgeschossen», sagte Crissy gerade lachend, «die Story muß ich dir überhaupt noch erzählen, Mona ...»

«Ach», ich war überrascht, «er war auch auf der Party?»

«Henry ist beinahe auf jeder angesagten Party in dieser Stadt. Er kommt immer uneingeladen, das ist ja das Lustige. Keiner weiß, wann er aufzutauchen geruht, aber daß er kommt, soviel ist jedem von vornherein klar.»

In diesem Augenblick bog ich aber bereits in die schmale Landstraße ein, die direkt zu Thereses und Sepps Anwesen führte. Felix geriet dadurch außer Rand und Band. «Oma Therese, Oma Therese», tobte er lautstark auf dem Rücksitz, obwohl im Moment ja nur Crissy und ich ihn hören konnten, aber das war dem Racker herzlich egal. Die Vorfreude mußte raus, auf Biegen und Brechen. Was gingen Felix auch Crissys und meine Nerven an?

Jedenfalls erfuhr ich deshalb nicht, womit Henry gestern abend den Vogel abgeschossen haben sollte ...

Therese kam uns bereits im Hof entgegen. Natürlich hatte sie drinnen mal wieder groß aufgetischt, Sepp saß wie immer in seiner Sofaecke. Ein Lächeln erhellte sein runzliges Gesicht, als er Felix sah. Therese mußte Sepp helfen, aus dem Sitzen hochzukommen. Sie führte ihn an den gedeckten Tisch. Er hing schwer an ihrem Arm, das konnte man förmlich sehen. Außerdem war sein Gang noch schleppender geworden, fiel mir auf. Erschrocken sah ich Therese ins Gesicht, aber die lächelte mir tapfer zu. Erst jetzt entdeckte Sepp auch Crissy, die sich im allgemeinen Begrüßungstumult ein wenig zurückgehalten hatte. Sie war heute ja zum ersten Mal hier draußen.

Sepp starrte Crissy, die ihn offen und freundlich anlächelte, einen Moment lang an. Dann sagte er den ersten längeren Satz, den ich je aus seinem Mund gehört hatte: «Bist auch mal wieder daheim, Madel, des is aber recht! Dein alter Vater macht's nimmer lang, tust dich dann aber schon um die Mutter kümmern, gell.»

Mir dämmerte, daß Sepp dachte, seine Tochter Margot vor sich zu haben. Und tatsächlich besaß Crissy eine gewisse Ähnlichkeit mit ihr. Vor allem die langen blonden Haare trugen wohl dazu bei. Auch war Margot nur etwa fünf Jahre älter als Lonas Model-Schwester.

Zum Glück hatte ich noch heute morgen, beim Abfahren, kurz über Thereses Familienverhältnisse gesprochen ... Crissy reagierte denn auch geistesgegenwärtig. «Freilich», sagte sie mit warmer und fester Stimme, «versprochen ist versprochen.»

Sepp nickte zufrieden, plumpste dann auf den Stuhl, den Therese ihm unterschob, griff nach seinem Löffel und zog sich wieder in sich selbst zurück. Nur dann und wann hob er während des Essens kurz den Blick und heftete ihn dann stets auf Crissys Gesicht, aber er sagte nichts mehr, kein einziges Wort. Als er satt war, ließ er sich von Therese wieder in seiner Sofaecke verstauen und schlief beinahe übergangslos ein.

Ich half Therese später beim Abspülen, während Crissy mit Felix draußen herumtobte.

«Es wird immer schlimmer mit ihm, hm?» begann ich vorsichtig. «Vielleicht solltest du Sepp mal zu einem guten Arzt nach München bringen oder gleich in einer Klinik untersuchen lassen. Ich fahre euch gerne, das ist gar kein Problem!»

Thereses schmale Gestalt straffte sich. Sie richtete sich hoch auf, sie wuchs geradezu um einige Zentimeter. «Nichts da», sagte sie dann hart. Ich schrak richtig zusammen, sie merkte es und fiel unverzüglich in einen versöhnlicheren Tonfall: «Die Ärzte in der Stadt pfuschen doch bloß an ihm herum, helfen kann dem Sepp sowieso keiner mehr. Am End lassen sie ihn noch an lauter Schläuchen hängen und dann einsam und allein in einer Kammer sterben. Nein, nein, Mona, laß gut sein. Das ist wie bei einem alten, kranken Baum. Hier und da treibt er noch was Grünes aus, dann kommt irgendwann ein Sturm oder ein Blitz, und das gibt dem Baum den Rest. So hat's der Herrgott gewollt, und so soll's dem Sepp auch ergehen. Der will daheim sterben, ganz ruhig einschlafen wird er, wenn's soweit ist, das garantier ich dir. Nichts spüren wird er davon im letzten Moment, der Sepp. Merken tut er ja schon was, hast gehört, was er vorhin zu dem Madl gesagt hat?»

Ich nickte betreten, obwohl ich genau wußte, daß Therese recht hatte. Ein zufriedenes Lächeln huschte nun über ihr Gesicht.

«Das hat's gut gemacht, der Lona ihre Schwester, die Crissy! Genau richtig reagiert hat's. Die hat das Herz auf dem rechten Fleck, soviel steht fest. Soll der Sepp ruhig glauben, die Margot hat uns mal wieder besucht, das macht ihm alles leichter», Therese legte vertraulich eine Hand auf meinen Arm, «mei, bin ich froh, daß ihr alle zusammen heut kommen seid. Bei uns heraußen seid's ihr immer willkommen, alle, auch die Lona!»

Damit wandte sich Therese wieder dem Abwasch zu. Wir schwiegen beide eine Weile. Das Thema Ärzte und Krankenhaus war hiermit vom Tisch. Ich kannte nun Thereses Meinung dazu und respektierte sie, auch weil ich sie so gut verstehen konnte. Und Crissy spielte bis zum Sonntag abend, bis wir wieder in die Stadt zurückfuhren, ihre Rolle als Margot weiter, als wäre das das Natürlichste auf der Welt. Obwohl der Sepp nicht mehr so weit auftaute wie gleich zu Beginn, wir Frauen hatten trotzdem das Gefühl, daß die Anwesenheit seiner «Tochter» den alten Mann innerlich aufrichtete. Mehr konnten wir für ihn ohnehin nicht tun.

Wir bekamen dann noch von Therese das Auto vollgepackt mit Äpfeln, Dörrobst, Kartoffeln und frischen Eiern. Crissy hatte über Nacht rote Wangen gekriegt hier heraußen, und Felix war sowieso putzmunter. Auf der Heimfahrt zogen Crissy und ich das Fazit: Dieses Wochenende hatte uns allen gutgetan, uns Abwechslung verschafft und uns von unseren sonstigen Alltagsproblemen ein Weilchen erlöst! Selbst Männer waren kein Thema für Crissy und mich gewesen, solange wir mit Therese und Felix zusammen kochten, aßen, spielten und herumalberten. Jetzt fühlte ich mich auch gestärkt, endlich Leander wieder gegenüberzutreten. Ich freute mich sogar irgendwie, ihn wiederzusehen ... Wir lieferten zuerst Felix bei Josefine ab, die ebenfalls ausgeruhter wirkte. Die Zwillinge hatte sie übers Wochenende bei ihrer Mutter deponiert, erzählte sie uns. Jetzt würde sie es mit den drei Rangen erneut aufnehmen können. Und Klausi käme ja auch in etwa zehn Tagen wieder nach Hause, da sähe manches doch schon viel leichter aus! Klausi, ach ja, der Gute ...

Anschließend setzte ich noch Crissy vor Lonas Wohnung ab, dann fuhr ich direkt weiter zu Leander.

«Weißt du, Mona, ich bin eben auch nur ein Mann», sülzte Leander mir ins Ohr. Wir kuschelten auf seiner Wohnzimmercouch. Im Fernsehen lief eine Uraltschnulze. Auf dem flachen Couchtisch türmten sich zwei leere Pizzakartons. Überreste unseres späten Abendmahls, das Leander rasch per Telefon bestellt hatte, als ich so ganz ohne Vorwarnung bei ihm aufgetaucht war. Er war sichtlich erfreut gewesen, mich zu sehen. Angeblich hatte er das ganze Wochenende über versucht, bei mir anzurufen. (Mittels meines Anrufbeantworters würde es mir ein leichtes sein, diese Behauptung später nachzuprüfen! Das Ding brachte auch bei Anrufern, die noch vor dem Piepston auflegten, eine Meldung auf dem Display heraus – «Kommando-Fehler» – das war praktisch! Aufleger nach dem Piepston wurden automatisch als Anruf gezählt und mit Datum und Uhrzeit gemeldet. Was ebenfalls praktisch war ... Leider hatte noch niemand erfunden, auch gleich den Namen des Anrufers zu speichern.)

Zur Pizza hatte es einen trockenen spanischen Landwein gegeben, der süffig war und es in sich hatte. Nur soviel zur Erklärung, wie ich kuschelnderweise auf Leanders Couch geraten konnte …

«Wer hätte das gedacht …» murmelte ich und kicherte beschwipst.

«Wie?» fragte Leander sofort alarmiert. Dann dämmerte es ihm wohl, daß ich gerade zu scherzen beliebt hatte, und seine Gesichtszüge entspannten sich, die Mundwinkel wanderten nach oben.

Leander räusperte sich. «Schau, ich meine, wegen der Gummis in meinem wiederaufgetauchten Koffer hättest du wirklich nicht so ein Drama veranstalten brauchen, Mona …»

Natürlich fiel ich ihm an dieser Stelle ins Wort: «Hör mal, ich habe doch gar nichts gesagt!»

«Doch! Hast du! Am Telefon, als du mir erzählt hast, der Koffer sei wiederaufgetaucht und Lona habe ihn bei so einer Fluggepäck-Auktion ergattert. Außerdem wolltest du nicht nach Hawaii nachfliegen. Als ich dann letzte Woche nach Hause gekommen bin, warst du so komisch! Und jetzt verschwindest du einfach ohne ein Wort übers Wochenende. Nicht einmal angerufen hast du vorher.»

Komisch nannte er das … Interessant, wie er mein Verhalten in jener Nacht zu deuten wußte …

«Weißt du, ich bin eben auch nur ein Mann!» setzte er erneut an.

«Du wiederholst dich, außerdem war mir dieser Umstand bereits vorher bekannt.»

Er grinste schief und zupfte dabei zärtlich an meinem

linken Ohrläppchen herum. Ich muß gestehen, das gefiel mir, das Zupfen. Ich bekam sogar eine wohlige Gänsehaut davon und schloß meine Äuglein ... Das Wochenende war schließlich anstrengend gewesen.

«Also, was ich sagen wollte ... Es sollte dich eigentlich beruhigen, Mona, daß ich, nur für alle Fälle, gerüstet wäre. Ich meine, man trägt dem festen Partner gegenüber schließlich eine Verantwortung, besonders heutzutage. Außerdem ist niemand gegen eine kleine Versuchung gewappnet, besonders wenn man mutterseelenallein herumreist, von Vortrag zu Vortag, immer unter Druck steht, Leistung bringen muß ... Hörst du mir überhaupt zu?»

Ich riß die Augen prompt wieder auf. «Klar!» Dann mußte ich aber doch eingeschlafen sein. Denn das nächste, woran ich mich erinnere, ist, daß Leander mich auf sein breites Bett plumpsen ließ und ich davon erwachte. Er begann, mich vorsichtig und zärtlich aus T-Shirt und Jeans zu schälen. Unter seinen streichelnden Händen kam mein Körper immerhin so weit in Fahrt, daß Leander diesmal keine gewaltsame Ramm-Aktion veranstalten mußte. In meinem Kopf drehte sich so einiges. Daran war wohl der Wein schuld. Und daran, daß ich sogar einen Höhepunkt der mittleren Stärke auf der nach oben hin offenen Orgasmus-Skala bekam, wohl auch ...

Später schlief ich in Leanders Armen tief und fest dem Montagmorgen entgegen. Ich stand als erste auf, duschte und machte Frühstück. An Leanders Verhalten konnte ich deutlich erkennen, daß er überzeugt war, alles wäre wieder in Butter nach dieser Nacht! Und für ein Weilchen gelang es mir sogar, an dasselbe zu glauben. Wie leicht es doch gelegentlich war, nicht nur andere, sondern auch sich selbst zu belügen! Vielleicht war dieses Vermögen (oder Unvermögen?) aber auch – manchmal – ein Segen … Denn nachdem Leander gegen elf Uhr ins Uni-Institut entschwunden war, fuhr ich in meine eigene Wohnung hinüber. Ich packte nicht einmal meine Sachen aus, sondern setzte mich gleich an den Computer …

ACHT

Annabelle seufzte genüßlich, als Carlos' Kopf zwischen ihre Beine tauchte. Seine Zungenfertigkeit war wirklich beeindruckend. Vorhin hatte er Annabelle noch im Treppenhaus gegen die Wand gedrückt, und seine Erregung war deutlich zu spüren gewesen. Beinahe hätte er sie dort bereits an der Wand im Stehen genommen, aber Annabelle war es gelungen, ihn noch in die Wohnung zu lotsen. Sie hatte nicht vor, ihn sein Pulver bereits vor der Zeit verschießen zu lassen! Und jetzt stellte sich heraus, daß das weise gewesen war von ihr. Bis Carlos in Annabelles Schlafzimmer endlich nackt war, war seine Erregung so weit abgeflaut, daß er jetzt diese äußerst genußbringende Tauchübung hinlegen konnte.

Annabelle stöhnte auf, als seine flinke, harte Zunge sich in ihr weiches, heißes Fleisch bohrte. Unbeschreiblich, wie der Mann mit diesem Werkzeug umzugehen vermochte. Das machte ihm so schnell keiner nach. Carlos leckte und schleckte wie ein Weltmeister an Annabelles intimster Stelle herum, bis sie urplötzlich heftig kam. Sie war selbst überrascht, wie stark die Kontraktionen waren, die durch ihr Becken jagten. Ihr Körper stand in Flammen, sie keuchte. In diesem Moment schob sich Carlos mit seinem ganzen Gewicht auf sie, sie spürte seinen Schwanz tief in sich. Zwei, drei kräftige Stöße, und Carlos bäumte sich wild auf.

«Das war nur die Ouvertüre», flüsterte er hinterher und knabberte zärtlich an Annabelles Ohrläppchen.

Der nächste Durchgang dauerte dann fast vierzig lustvolle Minuten lang. Annabelle hatte die Digitalanzeige ihres Radioweckers direkt im Blickfeld, wenn sie zwischendurch mal die Augen aufschlug. Carlos war ebenfalls ein Meister im Stellungswechsel. Annabelle fühlte sich am Ende zwar müde, aber auf sehr angenehme Weise. Sie hatte mehrere Höhepunkte gehabt, und jetzt wollte sie nur noch schlafen. Carlos war übrigens feinfühlig genug, sich später, als Annabelle eingeschlafen war, leise anzuziehen und zu gehen. Am nächsten Morgen lag neben ihr auf dem Kopfkissen nur eine wunderschöne dunkelrote Rose. Sie war so gerührt über diese Geste – und wo hatte der Mann bloß die Rose die ganze Zeit versteckt? Konnte er am Ende zaubern? –, daß Annabelle beinahe bedauerte, Carlos nicht ausdrücklich zum Frühstück eingeladen zu haben. Aber dann sagte sie sich, daß diese Anwandlung nur eine momentane und obendrein sentimentale Schwäche war. Denn im Grunde genommen zog Annabelle es stets vor, allein zu frühstücken. Dabei konnte sie in Gedanken noch einmal die Wonnen der vergangenen Nacht Revue passieren lassen, das hob wunderbar das Selbstbewußtsein und machte stark für die Anforderungen des Tages. Außerdem bescherte es einen rosigen Teint …

Zwei Tage später hatte sich Ferdi noch immer nicht wieder bei Annabelle gemeldet. Als er am dritten Tag gegen Abend endlich doch anrief, teilte Annabelle ihm kühl mit, daß sie sich entschlossen habe, für eine Woche nach Berlin zu reisen.

«Einfach so?» erkundigte er sich.

Sie lachte frech. «Einfach so ...» Sie wußte genau, daß ihr Tonfall Bände sprach. Ferdi glaubte ihr natürlich kein Wort. «Wie heißt er?» Mit Genugtuung stellte Annabelle fest, wie sehr Ferdi sich darum bemühte, die Frage möglichst beiläufig und sachlich klingen zu lassen.

«Wer?» fragte Annabelle zurück und lachte wieder, diesmal noch anzüglicher.

«Komm, du weißt schon ...» entfuhr es Ferdi. «Du kannst mich nicht für dumm verkaufen, Annabelle!»

«Aber das würde ich doch nie versuchen», sagte Annabelle und legte auf. Als das Telefon nach fünf Minuten bereits wieder klingelte, nahm sie nicht ab. Auch zehn Minuten später nicht, und nach einer halben Stunde auch nicht. Dann hatte Ferdi wohl aufgegeben, der Apparat blieb stumm.

In Berlin lebte und arbeitete der einzige platonische Freund, den Annabelle besaß. Sie kannte Jonathan bereits aus Kindergartentagen, sie hatten sich nie wirklich aus den Augen verloren. Der Einfall, Jonathan wieder einmal einen Besuch abzustatten, war Annabelle ganz spontan gekommen, als sie darüber nachsann, wie sie sich wohl am besten und schnellsten aus der unheilvollen Verstrickung retten könnte, die sie in Ferdis Netzen gefangenhielt. Außerdem besaß Berlin eine kunterbunte Kneipenszene, in der «Sperrstunde» ein unbekanntes Wort aus unzivilisierten Gegenden war. Grund genug für Annabelle, die Koffer zu packen ...

«Was macht die Liebe?» erkundigte sich Jonathan sofort, nachdem er Annabelle vom Zug abgeholt hatte. Jonathan wußte selbst über intimste Einzelheiten aus Annabelles Liebesleben Bescheid. Sie vertraute ihm grenzenlos. Schließlich

kannte er die Männer, erstens war er selber einer, und zweitens gab er diesem Geschlecht auch in der Liebe den Vorzug. Er konnte also als Experte auf dem Gebiet gelten. Annabelle hatte schon viel von Jonathan gelernt.

«Die Liebe», sagte Annabelle denn auch offen, «die Liebe kann ich im Moment wohl vergessen. Der Sex läuft ganz gut.»

Jonathan lachte. «Was willst du mehr?»

«Das frage ich mich auch. Um das herauszufinden, bin ich gekommen.»

«Uff, ein hartes Stück Arbeit.»

Sie sahen sich an und mußten beide lachen. Und Annabelle merkte deutlich, wie sie wieder Oberwasser bekam. Sie hatte schon mindestens eine Stunde nicht mehr an Ferdi gedacht!

Bei Jonathan wohnte derzeit auch sein neuer Freund. Der Knabe hieß Jens und sah so umwerfend aus, daß Annabelle bei seinem Anblick unbändige Lust bekam, anzutesten, ob der Junge eventuell auch ein bißchen bi sein mochte.

Jonathan, der von jeher Annabelles Gedanken zu lesen imstande gewesen war, knuffte sie in die Seite, als er ihren Blick bemerkte: «Nichts da», er grinste, Annabelle grinste zurück. Es war Jens anzumerken, daß er nicht so recht wußte, wie er mit der vertraulichen Art der beiden zurechtkommen sollte. Annabelle war beinahe gerührt, als sie Jens' Eifersucht bemerkte. Dabei hatte sie von Jonathan wirklich noch nie im Leben etwas gewollt. Aber Liebe machte eben blind!

Beim Abendessen quatschten Jonathan und Annabelle pausen- und hemmungslos. Sie tranken einige Flaschen Wein dazu und wurden immer redseliger dabei. Irgendwann wurde es Jens dann wohl zu bunt. Leicht schwankend erhob er sich und baute sich vor Jonathan auf: «Ich gehe schlafen! Übrigens sind keine Kondome mehr da, falls du noch welche brauchen solltest heute!» Es sollte wohl provokativ klingen, wirkte aber nur irgendwie rührend und vor allem komisch.

Jonathan konnte sich denn auch ein Grinsen nicht verkneifen, als er sagte: «Danke für den Hinweis. Ich werde einfach den Kondom-Kurierdienst anrufen.»

Als Jens beleidigt abgezogen war, ohne Annabelle eine gute Nacht zu wünschen, kicherte die erst mal los. «Jens ist ja eifersüchtig auf mich, wie süß! Aber sag mal, dieser angebliche Kondom-Kurierdienst war doch ein Witz, oder?»

Jonathan stand auf und holte das schnurlose Telefon herbei. Er tippte eine Nummer ein und wartete auf das Freizeichen. Als am anderen Ende abgenommen wurde, reichte er Annabelle wortlos das Telefon.

«Berliner Kondomerie», sagte eine interessant klingende Männerstimme am anderen Ende.

«Tja, was hätten Sie denn so im Angebot momentan?» Annabelle reagierte wie ein Profi auf dem Gebiet des telefonischen Gummi-Einkaufs. Sie zwinkerte Jonathan zu, als die Stimme artig die Verhüterli-Marken aufzusagen begann.

Am Ende entschied sich Annabelle für eine Packung mit Erdbeergeschmack und ein sogenanntes Fun-Paket, was auch immer es enthalten mochte.

«Sofortservice mit Aufschlag?» fragte der geschäftstüchtige Kondom-Verkäufer.

«Aber sicher», lachte Annabelle, «was denken Sie denn?» Sie gab Jonathans Adresse durch.

«In Ordnung», hörte sie daraufhin, «das dauert nur ungefähr zehn Minuten, ist gleich hier um die Ecke.»

«Günstige Wohngegend hast du hier, Jonathan», stellte Annabelle fest, nachdem sie aufgelegt hatte.

Jonathan grinste vielsagend. «Nicht wahr. Also dann, gute Nacht, Bella. Ich glaube, ich gehe jetzt doch besser mal rüber zu Jens.»

«Und die Gummis?»

«Na, für die wirst du doch in den nächsten Tagen oder spätestens zu Hause in München Verwendung finden ...»

«Stimmt auch wieder», sagte Annabelle. Sie konnte nicht ahnen, wie schnell sie Verwendung dafür finden sollte ...

Zehn Minuten später stand der Kondom-Kurier tatsächlich vor der Tür. Die Ware war in dezentes braunes Packpapier gehüllt. Der junge Mann war blondgelockt, schmalhüftig, knackärschig und grünäugig! Annabelle konnte einfach nicht widerstehen ... Ihrer Einladung zu einer Testrunde konnte umgekehrt der Kondom-Kurier nicht widerstehen!

Also standen sie nicht mehr lange im Flur herum, sondern landeten ziemlich überstürzt in Jonathans Arbeitszimmer auf der dort aufgeschlagenen Doppelmatratze. Es stellte sich heraus, daß der junge Mann auch ohne Jeans und T-Shirt ein Appetithappen und eine Augenweide war. Er glich jenen griechischen Statuen, die haufenweise in Museen von sehnsüchtigen Frauenaugen beäugt werden. Zum Glück war er aber nicht aus Marmor, sondern aus Fleisch und Blut. Man brauchte seinen wunderschönen und vorne leicht nach links gebogenen Schwanz nur zärtlich zu berühren, schon stand er stramm und stolz vor einem in Hab-acht-Stellung ... Und Annabelle vergaß in dieser Nacht Ferdi ebenso gründlich, wie sie die Kondome an ihrem lebenden und vor allem willigen Modell testete.

Beim Frühstück wunderte sich eigentlich nur Jens über den Neuzuwachs namens Erik. Annabelle war nämlich über ihren eigenen Schatten gesprungen und hatte Erik die ganze Nacht dabehalten. Schließlich, so erklärte sie später Jonathan, liefere dieser Kurierdienst ja ausschließlich Großpakkungen …

Erik sollte in den Tagen darauf noch viele Großpackungen liefern und testen dürfen. Als Annabelle schließlich wieder im Zug nach München saß, war die Sache mit Ferdi für sie Schnee von gestern. Dachte sie zumindest.

«Mona, ich brauche deine Hilfe!» sagte Crissy am Telefon. «Kann ich etwa in einer Stunde vorbeikommen?»

Adieu, Annabelle! Für heute ist Schluß mit lustig. Der Rest des Kapitels würde bis morgen früh warten müssen. Vorläufige Überschrift: «Das Wiedersehen mit Ferdi» Immerhin hatte ich aber heute doch einiges zustande gebracht, noch nicht ganz im altgewohnten frechen Stil, aber immerhin. Die Schreibblockade schien sich in Luft aufgelöst zu haben.

«Ich habe jemanden kennengelernt, einen Mann!» Crissy ließ sich in meinen Fernsehsessel fallen und streckte die ellenlangen Beine von sich.

«Das ist ja prima. Aber ich dachte, du bräuchtest meine Hilfe?»

«Brauche ich ja auch.»

Ich lachte ungläubig. «Soll ich ihn etwa für dich testen?» Ich hatte eben an Annabelle denken müssen, daher die Frage!

Crissy guckte jetzt wie ein kleines Mädchen. «So ungefähr hatte ich mir das tatsächlich gedacht.»

«Sag, daß ich mich verhört habe, Crissy, bitte!»

«Ach, Mona», jammerte sie, «er ist unheimlich charmant und nett und außerdem auch noch ein interessanter Typ. Kunstmaler. Derzeit hat er eine Ausstellung in der Galerie Kranner. Ansonsten lebt er auf einer kleinen griechischen Insel irgendwo in der Ägäis. Allerdings ist David ein ganzes Stück älter als ich, also, um genau zu sein, ist er doppelt so alt ...» Crissy schwieg und starrte meinen Teppich an.

Ich rechnete nach. Damit war der Mann immerhin auch noch gute acht Jährchen älter als ich. Wenn Lona das hörte, würde sie der Schlag treffen.

«Tja», sagte ich trotzdem, «es gibt Schlimmeres. Außerdem scheinst du sowieso einen Hang zu älteren Männern zu haben. Ich sehe das Problem noch immer nicht.»

«Das Problem ist, ich weiß nicht, ob David bindungsfähig ist, ich meine, ob er treu sein kann und will», haspelte Crissy herum. «Weißt du, auf der Party, auf der wir uns getroffen haben, waren jede Menge Frauen, die ihm schöne Augen gemacht haben. Ich meine, ich habe natürlich kein Recht dazu, ihm das vorzuwerfen. Andererseits fürchte ich, daß ich bereits bis über beide Ohren in ihn verliebt bin. Und ich will nicht, daß er mich nur benützt, als kleine Zellauffrischung für zwischendurch, verstehst du?»

«Er ist sicher ein Mann mit Erfahrung, der genau weiß, was er tut», sagte ich ohne große Überzeugung.

«Eben», rief Crissy, «deswegen möchte ich ja, daß du ihn sozusagen antestest für mich. Morgen ist die Vernissage zu seiner Ausstellung in der Galerie, ich habe dir eine Einladung besorgt, Mona. Also, mach ihm schöne

Augen, lobe seine Bilder, flirte mit David, mach ihn richtig an. Geht er auf dein Spielchen ein, dann weiß ich wenigstens Bescheid. Du erzählst mir doch alles brühwarm, hinterher. Versprochen? Ich werde morgen abend natürlich nicht da sein, er soll sich unbeobachtet fühlen. Und dich hat er noch nie zuvor gesehen im Leben. Es ist also ganz ungefährlich für dich.»

«Na, hoffentlich ...» spöttelte ich.

«Vergewaltigen wird er dich nicht gleich», sagte Crissy ernsthaft, «soweit kenne ich ihn schon. Er ist ein Gentleman.»

Um nicht loszuprusten, hielt ich hörbar die Luft an.

«Bitte, Mona! Ich kann ja auch sonst niemanden um den Gefallen bitten. Zu meinen Model-Freundinnen und Kolleginnen habe ich kein Vertrauen, und mein Schwesterherz weilt noch immer in Australien. Außerdem würde Lona mich vermutlich killen.»

«Vermutlich», bestätigte ich und mußte jetzt wirklich grinsen, «also gut, ich mache es. Obwohl ich es irgendwie albern finde, das muß ich dir schon sagen. Und wenn dieser David tatsächlich ein Mann von Format ist, besteht auch noch die Gefahr, daß er mißtrauisch wird.»

«Das machst du schon. Du bist doch eine gute Schauspielerin, Mona!»

Das hatte ich noch nicht gewußt! Ehrlich. Wie schön, daß Crissy manchmal so herzerfrischend direkt sein konnte.

Die Vernissage war gut besucht. Trotzdem hätte ich David, auch ohne Crissys Beschreibung, sofort als den ausstellenden Künstler erkannt. Er hob sich wohltuend von den übrigen Wichtigtuern in Anzug und Fliege ab. David trug eine helle Leinenhose und dazu ein passendes zartgelbes Hemd. Keine Krawatte, keine Fliege, nicht einmal ein Tuch. Der Hemdkragen stand offen. Der ganze Mann machte einen legeren, aber gepflegten Eindruck. Er gefiel mir auf Anhieb. Dabei war er im eigentlichen Sinne nicht einmal besonders gutaussehend. Er trug seine dunkelblonden Haare sehr kurz geschnitten. Das brachte allerdings seine schöne Schädelform gut zur Geltung. Auch seine Ohren waren höchst wohlgeformt, was meiner Ansicht nach bei Männern eher selten vorkam.

Ich brachte es tatsächlich fertig, seinen Blick einige Male auf mich zu ziehen und für jeweils zwei bis drei Sekunden festzuhalten, während ich mit meinem Prosecco-Glas in der Hand dekorativ in der Gegend herumstand. Für den Anfang gar nicht schlecht, fand ich.

Schließlich postierte ich mich geschickt neben einem seiner Bilder, das mir besonders gefiel. Es zeigte eine südliche Landschaft mit Zypressen. Ich tat so, als mustere ich eingehend das Preisschildchen unter dem Ölgemälde.

Als er neben mich trat, konnte ich den dezenten Herrenduft riechen, in den er sich zur Feier des Abends gehüllt hatte.

«Über den Preis läßt sich noch sprechen», sagte David. Seine Stimme klang angenehm, voll und warm. Ich fragte mich, ob der Galeriebesitzer diese Bemerkung eben gerne gehört hätte.

«Ich fürchte, ich kann es mir trotzdem nicht leisten. Obwohl es mir sehr gefällt», sagte ich spontan. Nur um mich sofort zu ärgern über meine blauäugige Offenheit.

Verdammt, ich sollte ihm lieber die Frau von Welt vorspielen, die Sorte mit einem Haufen Geld! Schon wegen Crissy. Himmel, Mona, du bist tatsächlich aus der Übung, was Männer und Flirten anbelangt!!! Na ja, zehn Jahre mit Leander hatten eben ihre Spuren hinterlassen, auch in dieser Hinsicht.

David lachte. Auch das klang angenehm, voll und warm. Er fragte: «Darf ich Ihnen noch ein Glas Prosecco bringen?»

Ich hatte gar nicht bemerkt, daß ich längst auf dem trockenen saß, also nickte ich. Große Lust, mich selber in das Getümmel an der Bar zu stürzen, verspürte ich ohnehin nicht.

Drei Minuten später war David wieder an meiner Seite. Wir stießen an, er sah mir dabei tief in die Augen, ich guckte intensiv zurück. Ohne Crissys Auftrag hätte ich das nie so direkt gemacht, sagte ich mir hinterher. Wir plauderten, tranken unsere Gläser leer, David holte neue, wir tranken wieder, stießen miteinander an und guckten uns tief in die Augen. Und dabei mußte es dann irgendwann passiert sein …

Am nächsten Morgen erwachte ich jedenfalls in einem fremden Hotelzimmer und in Davids Armen!

Erst allmählich kam die Erinnerung zurück. Ich hatte gestern abend reichlich Prosecco getrunken. David und ich hatten eine interessante Unterhaltung gehabt, noch in der Galerie, neben dem Ölgemälde mit den Zypressen. Irgendwann hatte mir David dabei erzählt, daß er Koch gewesen war, früher, in jungen Jahren. (Ausgerechnet Koch! Warum klingelten nicht spätestens jetzt sämtliche Alarmglocken in meinem Kopf?) Damals hätte er sogar ein eigenes kleines Restaurant besessen, mitten in Köln. Eines Tages sei dann aber der Wunsch zu malen so stark in ihm geworden, daß er das Bistro-Restaurant kurzerhand verkauft habe. Mit dem Geld zog er nach Griechenland, tat zwei Jahre lang gar nichts außer Malen. Und Leben, Sehenlernen, was fast noch wichtiger war. Irgendwann kam dann per Zufall dieser Galerist aus München vorbei, der eigentlich mit seiner Familie Ferien machen wollte. Zwei Monate später hatte David seine erste Ausstellung. Seine Bilder verkauften sich von Anfang an so gut, daß David die Idee, vielleicht in Griechenland ein kleines Lokal zu eröffnen, wieder fallenließ. Malen war ihm ohnehin wichtiger, war zu seinem Beruf geworden. Jetzt kochte er nur noch für sich und gelegentlich für Freunde, die zu Besuch kamen. Das also war Davids Geschichte. Ich hörte staunend und mehr und mehr fasziniert zu. Noch dämmerte mir nicht die Gefahr, drang nicht der bewußte Gedanke in mein proseccoumnebeltes Hirn – hier stand der Mann meiner Träume vor mir! Ich glaubte tatsächlich noch immer, ich würde ihn lediglich in Crissys Interesse aushorchen und «testen». Als er irgendwann vorschlug, hinterher noch einen Happen essen zu gehen, stimmte ich sofort zu. Ich redete mir ein, ich sollte ja in Crissys Auftrag herausfinden, wie weit er zu gehen bereit war. Immerhin hatte er sich bis jetzt wirklich wie ein Gentleman verhalten, um mit Crissys Worten zu sprechen.

Er führte mich in ein winziges, aber erstklassiges französisches Restaurant. Das Essen war vorzüglich, der Rotwein dazu, den er ausgesucht hatte, einfach wunderbar. Ich redete übers Schreiben, von meinem Wunsch, endlich ein Buch anzupacken. Es war das erste Mal seit langer Zeit, daß ich das Gefühl hatte, mit einem Mann zu sprechen, der genau verstand, was ich im Leben erreichen wollte, was mir wirklich wichtig war. Der genauso fühlte wie ich, weil er ähnliche Träume und Ziele verfolgte. Spätestens jetzt, während wir aßen, tranken und redeten, mußte es zwischen uns gefunkt haben ... Jedenfalls küßte er mich ziemlich stürmisch, als wir schließlich draußen vor dem Lokal standen.

«Da kommt ein leeres Taxi, wie praktisch», sagte David dann plötzlich und hob seinen Arm. Ich sagte gar nichts. Bremsen quietschten, das Taxi kam direkt neben uns zum Stehen. Wir stiegen ein, David nannte dem Fahrer die Adresse seines Hotels. So einfach war das gewesen. Und ich redete mir immer noch die ganze Zeit über ein, dies alles lediglich für Crissy zu machen ...

N E U N

NEUN

«Frauenfreundschaften scheitern oft an Männern», las ich einige Stunden später unter VERMISCHTES in meiner Tageszeitung. Ich brachte es kaum über mich, die kurze Meldung unter der Zeile zu überfliegen. Das schlechte Gewissen Crissy gegenüber nagte ohnehin schon an meinen Eingeweiden. Gleichzeitig flogen da diese vielen Schmetterlinge in meinem Bauch. Ein Gefühl, das ich seit Jahren nicht mehr gehabt und von dem ich geglaubt hatte, es längst zu den Akten gelegt zu haben.

«Wenn Frauenfreundschaften zu Bruch gehen, ist oft ein Mann der Grund», las ich. Mir wurde schwarz vor Augen. In meinem Fall war alles noch viel schlimmer! Die kleine Schwester meiner besten Freundin hatte mir gegenüber so unendliches Vertrauen an den Tag gelegt – und was hatte ich Rabenaas getan? Ich würde nicht nur Crissy furchtbar enttäuschen, sondern gleichzeitig auch noch Lona. Ich würde sie beide verlieren. Wegen einem einzigen Mann!!! Was für ein schlechter Tausch ... Ich mußte fast schon zwanghaft grinsen bei dem Gedanken. 2 : 1 – 1 : 2

Wie ich das Ergebnis auch drehte und wendete, es fiel zu meinen Ungunsten aus. Panik nahm mich in den Würgegriff – ich stand auf und stürzte zum Telefon. Ich würde Crissy anrufen, jetzt gleich, und ihr alles beichten. Sie würde ohnehin auf ein Lebenszeichen von mir warten, wahrscheinlich kauerte sie jetzt sowieso gespannt neben dem Telefon.

Ich ließ es bestimmt ein dutzendmal klingeln, nichts, niemand hob ab bei Lona. Nicht einmal der Anrufbeantworter lief. Ich knallte den Hörer auf die Gabel.

Da klingelte mein Apparat. Ich riß den Hörer wieder hoch.

«Ja?»

«Hallo», sagte eine tiefe, samtige Männerstimme, «wie geht es dir?»

David.

«Hallo, es geht mir prima!» hauchte ich und wunderte mich über meine elfengleiche Piepsstimme.

Er lachte leise. «Das freut mich. In dem Fall würde ich dich gerne nachher sehen. So gegen acht?»

Prompt begann meine Wolke Nummer sieben mit mir davonzusegeln. «Er hat angerufen, er will mich wiedersehen, es war nicht nur ein One-Night-Stand ...» Aber auch Crissy fiel mir wieder ein! Es mußte vorüber sein, es durfte nicht weitergehen, ich hatte kein Recht auf David! Crissy war zuerst dagewesen. Wenn ich jetzt und hier, auf der Stelle, Schluß machte, war alles halb so wild, einmal war keinmal ...

«Ich dachte mir, wir gehen wieder schön essen und anschließend ...» hörte ich Davids Samtstimme raunen. Die feinen Härchen auf meinen Armen richteten sich auf, ich merkte, daß ich feucht wurde. Teufel, so was passierte doch sonst nur Annabelle. Doch nicht mir, doch nicht im wirklichen Leben. Hilfe!!!

«Und anschließend? Was ist anschließend?» hörte ich mich fragen und dabei kichern. Kichern! Was war mit mir los? Hatte er mich unter Drogen gesetzt letzte Nacht? Hypnotisierte mich allein seine Stimme?

«Das weißt du doch», sagte David, «das weißt du doch ganz genau!»

Natürlich wußte ich es ganz genau, und es gab nichts, was ich mir in diesem Moment sehnlicher gewünscht hätte!

«Holst du mich ab?» hörte ich mich tatsächlich fragen. Es geschah irgendwie ganz ohne mein Zutun. Da sprach eine andere Mona aus mir. Jedenfalls war es nicht die kühle Person mit dem nüchternen Verstand, die ich sonst kannte.

«Ich hole dich ab. Pünktlich», versprach David. Er schwieg kurz. «Ich bin verrückt nach dir», dann hatte er aufgelegt.

Ich stand da, den Hörer noch in der Hand, und die Schmetterlinge flogen wieder! Da wußte ich, daß jetzt sowieso alles zu spät war.

Ich wählte noch einmal Lonas Nummer. Nichts. Da verdrängte ich mein schlechtes Gewissen kurzerhand und ging ins Schlafzimmer, um mein Outfit für den Abend mit David zusammenzustellen. Wobei ich besonderen Wert auf das «Darunter» legte. Denn daß ich mich von ihm (wieder) ausziehen lassen würde, soviel war mir mittlerweile klar. Es gab nichts, was mich noch davon hätte abhalten können. Oder jedenfalls fast nichts. Über die Folgen und über Crissy konnte ich morgen nachdenken, morgen war schließlich auch noch ein Tag, nicht wahr? Und vielleicht war heute ja der letzte Tag, die letzte Nacht in meinem Leben, man konnte nie wissen. Sollte ich die etwa vielleicht nicht genießen dürfen?

«Lebe jeden Tag, als ob es dein letzter wäre!» Wer hatte das doch gleich wieder gesagt? Es fiel mir nicht mehr ein, aber ich glaubte plötzlich zu verstehen, was damit wirklich gemeint war! Mit den Folgen würde ich mich morgen auseinandersetzen … Morgen war auch noch ein Tag! Danke, Scarlett O'Hara …

Dann rief ich rasch Leander im Institut an und säuselte ein bißchen herum, faselte dann etwas von einem abendlichen Treffen mit einer Redakteurin, die eine geplante Artikelserie mit mir besprechen wolle. Leander schöpfte keinerlei Verdacht. Er sagte, er habe ohnehin viel zu tun. Und am Wochenende sei er zu einem Seminar an den Chiemsee eingeladen worden. Er fragte, ob ich ihn vielleicht begleiten wolle. Sofort wehrte ich ab, zuviel Arbeit, die Artikelserie! Welch ein guter Einfall, gleich eine ganze Serie, beglückwünschte ich mich heimlich. Leander zeigte Verständnis. Wir verabschiedeten uns freundlich. Bis demnächst … Die Bahn war frei, frei für David. Für David und Mona. Für Mona auf Abwegen.

War ich es, die da eben geschrien hatte? Es mußte wohl so sein, denn David war es nicht gewesen. Er stöhnte dafür und seufzte leise: «Du machst mich völlig verrückt …»

«Du mich auch», wollte ich sagen, aber ich brachte kein Wort heraus. Wie eine riesige Woge nahm die Lust mich erneut mit auf den nächsten Gipfel. Ich spürte David tief in mir, er bewegte sich im Moment kaum, trotzdem bebte und zitterte mein ganzer Körper vor Lust.

Raum und Zeit um mich herum schienen zu einer Einheit zu verschmelzen. Ich verlor das Gefühl dafür, wie die Zeit verging und wo ich mich befand. Mein Körper hatte die Führung übernommen. Oder war es Davids Körper? Ach was, es war mehr, es war viel mehr, es war das perfekte Zusammenspiel der beiden Körper, Davids und mein eigener … Ich bewegte mein Becken leicht, David erwiderte die Bewegung sofort, erneut begann ich mich aufzulösen …

Hinterher kuschelte ich in Davids Armen. Satt und zufrieden wie eine faule Katze. Ich fragte mich, was ich in all den Jahren wohl wirklich gemacht hatte, als ich glaubte, Sex zu haben. Dabei waren es doch eigentlich nur Turnübungen gewesen. Immer wieder dieselben Handgriffe, dieses Rein und Raus, ein bißchen Auf und Ab, manchmal, längst nicht immer, als jäher Abschluß ein lauwarmer Höhepunkt. Demnächst wurde ich vierzig, in wenigen Tagen, fiel mir ein. Und erst jetzt wurde mir wirklich klar, was es bedeuten konnte, mit einem Mann zu schlafen. Wieviel Lust mein Körper empfangen, aber auch geben konnte. Himmel, mußte ich ein Spätzünder sein!

«Worüber lachst du?» fragte David.

«Über Spätzünder. So wie ich einer bin.»

«Sag bloß. Das mußt du mir aber jetzt erklären.»

«Gut, wenn du darauf bestehst. Aber ich warne dich, es könnte ein Geständnis dabei herauskommen, vielleicht willst du soviel gar nicht wissen. Vielleicht ist es nicht einmal gut, wenn du soviel weißt …»

«Ich bestehe darauf», unterbrach er mich und legte eine Hand auf meine linke Brust.

Also erklärte ich es ihm. Er hatte es nicht anders gewollt.

Es war auch das erste Mal, daß ich mit David offen über Leander redete. Natürlich hatte mein kochender Maler bereits vorher gewußt, daß ich mit jemandem liiert war, aber eher locker, so hatte ich es dargestellt und in jenem Moment wohl auch daran geglaubt. David schien die Tatsache an sich nicht zu stören, jedenfalls hatte er sich nichts anmerken lassen. Er hatte mir nur erzählt, daß er vor vielen Jahren einmal verheiratet gewesen sei, aber das wäre relativ bald wieder vorüber gewesen. Seither habe er sich seine Freiheit bewahrt, überdies sei er mit der Malerei verheiratet. Vielleicht auch mit Griechenland, seiner Wahlheimat, ein bißchen jedenfalls …

David schwieg ein Weilchen, dann sagte er: «Ich empfinde ähnlich wie du, Liebes. Ich habe oft Sex gehabt in meinem Leben, mit vielen verschiedenen Frauen. Mit dir ist es besonders intensiv, irgendwie anders, ich kann es nicht erklären. In dieser Beziehung scheinen wir wunderbar zu harmonieren. Es ist gar nicht einfach, jemanden zu treffen, mit dem das so ist.»

So sah er es also! War es für ihn eher eine Frage der Technik oder der zufälligen Harmoniebereitschaft unserer Körper? Oder waren gar Hormone daran schuld, die ungefähr zur selben Zeit in etwa gleicher Höhe von unseren jeweiligen Nebennierenrinden ausgeschüttet wurden?

Ich hatte eigentlich gehofft, es wäre eine Sache der Gefühle! Und David würde mir dies nun bestätigen. Ehe Enttäuschung mir die Stimmung vermasseln konnte, griff ich zu einem – vermutlich typisch weiblichen – Trick: Ich redete mir schnell ein, es könnten natürlich genausogut die Gefühle sein, meine **und** Davids, bloß wurde ihm das nicht so bewußt, schließlich war er ein Mann. Und diese Spezies verdrängte gerne. Besonders wenn es um Gefühle, gar um Liebe ging …

«Ich bin sehr gern mit dir zusammen, Mona», sprach David weiter, «wirklich. Und ich hoffe, du wirst mich besuchen kommen auf meiner griechischen Insel. Ich verspreche dir, wir werden eine wunderbare Zeit haben. Aber ich muß dir auch sagen, für eine wirklich feste Bindung bin ich nicht der Richtige. Wenn du einen Trauschein haben willst, so ist das okay, ich werde dir bestimmt nicht im Weg stehen. Dein Leander scheint ein vernünftiger Typ zu sein. Also mach dir die Sache mit ihm nicht kaputt. Nicht wegen mir, ich könnte dir nichts Vergleichbares bieten.»

«Was willst du denn dann eigentlich von mir?» fragte ich. Ich spürte, wie ich allmählich wütend wurde.

«Eine ganze Menge», sagte David, «Liebe, Vertrauen, Zuneigung, Zärtlichkeit, Sex, Gespräche, Freundschaft. Und ich verspreche dir, das alles auch zurückzugeben. Solange es dauert.»

«Solange es dauert», murmelte ich, und mein Ärger legte sich langsam wieder, «also gut, solange es dauert.»

Meine Wolke sieben segelte gemächlich davon, ich schaute ihr nach. Ich war nicht einmal unglücklich, auch gar nicht mehr wütend, höchstens ein bißchen wehmütig. Was war auch schließlich schon groß passiert? Jeder mußte einmal erwachsen werden, bei manchen dauerte es eben fast vierzig Jahre.

In den nächsten anderthalb Wochen sah ich David täglich. Wenigstens für eine Stunde, wenn nicht sogar ein ganzer Nachmittag drin war. Er mußte sich um seine Ausstellung und um geschäftliche Dinge darum herum kümmern, ich hatte zu schreiben. Aber die Stunden dazwischen gehörten uns. Im halbdunklen Hotelzimmer feierten wir geheime Orgien. Jedenfalls schien es mir so. So hemmungslos hatte ich die Liebe noch niemals zuvor genossen. Befreit von jeglichem Schuldgefühl. Ich erzählte Leander die haarsträubendsten Stories, um mein Fernbleiben zu erklären. Nichts deutete darauf hin, daß er mir nicht glaubte. Allmählich dämmerte es mir, daß Leander mir niemals zugetraut hätte, was ich da hinter seinem Rücken so lustvoll betrieb. Ich war ja immer die brave Mona gewesen, die höchstens über ihre Schreiberei so einiges auslebte. Außerdem hatte er auch viel zu tun, der arme Leander.

Immer wieder versuchte ich außerdem Crissy zu erreichen. Es war aussichtslos. Selbst mitten in der Nacht rief ich in Lonas Wohnung an, Crissy ging nicht ran. Ich fragte Bekannte von ihr, die ich zufällig beim Einkaufen auf der Leopoldstraße traf. Sie sagten, sie hätten Crissy schon seit einer Woche nicht mehr gesehen. Womöglich sei sie weggefahren, mal kurz an den Gardasee, sie habe so etwas erwähnt neulich ... Diese Aussicht erleichterte mein Gewissen ungemein. Wenn sie einfach so in Urlaub fuhr, konnte es mit ihren Gefühlen für David ja nicht so weit her gewesen sein, sagte ich mir. Andererseits war es nicht Crissys Art, mir einen derart delikaten Auftrag zu geben und dann ohne ein Wort zu verschwinden. Prompt begann ich mir wieder Sorgen zu machen, große Sorgen sogar. Und wenn sie von mir und David Wind bekommen hatte? War ihr Verschwinden dann nicht ganz anders zu interpretieren? Wenn wenigstens Lona noch einmal angerufen hätte. Aber auch von ihr hörte ich nichts, ich wußte nur, daß sie in der nächsten Woche – ausgerechnet an Davids letztem Tag in München – aus Australien zurückkehren sollte.

Aus Sorge um Crissy und wegen der Schmetterlinge im Bauch konnte ich kaum mehr etwas essen. In zehn Tagen waren drei Kilo futsch. Trotzdem, sobald ich David ansah, er auch nur die Hand nach mir ausstreckte, vergaß ich alles andere um mich herum. Und ich ließ mich fallen, fallen, fallen ... Ihm gegenüber erwähnte ich Crissy übrigens nie, und er machte auch keinerlei Andeutungen, daß er erst kürzlich auch noch eine andere Frau kennengelernt habe. Der Einfachheit halber schloß ich daraus kurzerhand, daß er gar nichts von Crissys Schwärmerei ahnte.

An einem dieser Tage rief gegen Mittag, ich saß am Computer und zwang mich zu schreiben, die Redakteurin des Blattes an, das den Friedhofsartikel gedruckt hatte.

Sie bekämen dauernd neue Leserbriefe, teilte sie mir mit. Sehr erfreuliche Leserbriefe. Die Leute fanden meinen Artikel toll. Vor allem die alten Grabkreuze mit den Inschriften und die dahinter versteckten Lebensgeschichten schienen die Leser berührt zu haben.

«Da haben Sie einen Nerv getroffen beim Publikum», sagte die Redakteurin munter, «vielleicht sollten Sie mal daran denken, die Sache auszubauen. Das gäbe vielleicht ein schönes Buch, mit Fotos dazu.»

«Ich überlege es mir. Jedenfalls vielen Dank für den Tip.»

«Das machst du», sagte David spontan, als ich ihm später am Nachmittag von dem Anruf erzählte, und nahm mich in die Arme. «Du hast bestimmt Erfolg damit, hundertprozentig, ich spüre das. Am besten fängst du gleich nächste Woche, wenn ich weg bin, mit der Arbeit an. Zuerst recherchierst und sammelst du mehr Fotos und Geschichten, dann setzt du dich ins Flugzeug mit deinem Laptop im Gepäck und kommst zu mir auf die Insel. Zusammenschreiben und gliedern kannst du das Buch dann ebenda. Ich lasse dich erst wieder weg, wenn das Manuskript fertig ist.»

«Abgemacht!» sagte ich. Und dann sagte ich längere Zeit gar nichts mehr, außer «Ja, o ja, o Gott, ja, Liebster, ooooh ...» und ähnliches Zeugs. Nicht druckreif, so was.

David flog ab, Lona kam an. Die Schmetterlinge in meinem Bauch flatterten noch, aber sie flogen nicht mehr. Der Alltag hatte ich mich wieder. Doch dann rief David aus Griechenland an, und in dem Moment, als ich seine Stimme hörte, erhoben die Schmetterlinge wieder die Flügel. Ich war nicht mehr die alte Mona, das war vorbei, wurde mir endgültig bewußt. Ich sagte David, wie sehr ich ihn vermißte.

Lona rief an und sagte, sie sei furchtbar müde und geschlaucht vom langen Flug und vom Jetlag. Sie lasse deshalb auch Felix noch ein, zwei Tage bei Josefine und Klaus. Sie sei außerdem froh, daß Crissy auch gerade nicht da sei, sie habe bloß einen Zettel von ihr im Wohnzimmer gefunden, sie wäre am Gardasee. Wolle aber rechtzeitig zu Monas vierzigstem Geburtstag zurück sein, ließe sie ausrichten. Mit schönen Grüßen.

Ich schluckte. Lieber Himmel, mein Geburtstag! Ausgerechnet dieser runde, der vierzigste, fiel dieses Jahr auf einen Montag. Leander mußte an diesem Abend einen Vortrag halten. Er hatte mir deshalb vorgeschlagen, am darauffolgenden Samstag in seinen Institutsräumen eine Party für mich steigen zu lassen. Was hätte ich dagegen tun können, ablehnen? Jedenfalls mußte ich vorher unbedingt noch mit Crissy und Lona unter vier Augen sprechen. Wegen der Sache mit David.

«Fein», sagte ich zu Lona, «dann erwarte ich euch beide an dem bewußten Montag bei mir. Zu einer kleinen Feier zu dritt. Die große Party steigt erst am Samstag darauf.»

«Aha. Und wo?» fragte Lona. Ich erzählte ihr von Leanders Idee, sie fand sie gut. Allerdings schlug sie vor, meinen eigentlichen Geburtstag, diesen verflixten Montag, in ihrer Wohnung zu verbringen.

«Es ist wegen Felix, Mona. Er war so lange allein von zu Hause weg, ich möchte ihn nicht schon wieder quasi abschieben. Und Josefine kann ich ihn sowieso nicht gleich noch mal zumuten, wenn ich ihn doch erst abgeholt habe.»

«Okay», sagte ich, «kein Problem. Komme ich eben zu euch, den Champagner bringe ich mit und was zu futtern auch.»

Letzten Endes war es ja auch egal, wo ich Crissy die Wahrheit einschenkte. Wenigstens konnte sie mich bei Lona rauswerfen, das geschähe mir recht und würde ihr vielleicht ein bißchen die Demütigung versüßen. Am liebsten wäre ich ja nach Afrika entflohen, aber das ging natürlich nicht. Dieser vierzigste Geburtstag versprach jedenfalls ein Desaster zu werden. In jeder Hinsicht. Und dabei hatte ich erst kürzlich irgendwo gelesen, der Frau ab vierzig stünde heutzutage die Welt offen. Reif, charmant und schön wie nie, dürfe sie sich darauf freuen, das Leben und die Liebe so richtig zu genießen. Nun, wenigstens schien das letztere in meinem Fall zu stimmen! Dieser Gedanke baute mich sofort wieder auf. Überhaupt wäre David sowieso viel zu alt für Crissy gewesen. In dem Punkt würde mir sicher auch Lona recht geben. Also, auf in den Kampf, Mona. Ein Miststück bist du trotzdem …

ZEHN

«Happy Birthday!» Crissy stand siegessicher lächelnd unter Lonas Tür und strahlte mir entgegen, die ich vollbepackt mit Flaschen, einem Freßkorb und einer Extraportion schlechten Gewissens die letzten Stufen hochkeuchte.

«Danke», sagte ich und: «Äh, Crissy, ich muß gleich ein paar Takte mit dir reden. Es ist wichtig ...»

«Ach was», unterbrach sie mich und wirkte kein bißchen neugierig dabei, «zuerst mußt du deine Geschenke aufmachen und mit uns das erste Glas Schampus schlürfen, dann wird geredet.» Dabei lachte Crissy auch noch. Anscheinend hatte sie wirklich nicht einmal den Schimmer einer Ahnung!

Ich schluckte und war doch ungeheuer froh über den Aufschub. Feige war ich also auch noch, dämmerte es mir ...

Lona erschien in der Wohnzimmertür und breitete die Arme aus. «Meine herzlichsten Glückwünsche und alles Gute für die nächsten vierzig Jahresringe.»

«Na, na», protestierte ich sofort, «jetzt übertreib mal nicht, mir reichen die ersten vierzig bereits, von mir aus kann die Zeit jetzt stehenbleiben. Ab nächstem Jahr feiere ich keine Geburtstage mehr, daß ihr es wißt. Auf ewig vierzig, das reicht.»

«Au weia!» krähte Crissy vorlaut dazwischen, «Mona steckt mitten in der schönsten Mitleidskrise.»

«Dir wird das Lachen auch noch vergehen, meine Liebe», entschlüpfte es mir, ehe ich mir selbst auf die Zunge beißen konnte. Verdammt, das war in Anbetracht der Umstände nicht gerade die passendste Bemerkung gewesen, Mona!

Auf Lonas Wohnzimmertisch war eine Torte aufgebaut, auf der sich rosafarbene Marzipanschweinchen tummelten. Erst als ich näherkam, sah ich, daß es sich um kleine Nackedeis handelte, Männlein und Weiblein, jeweils paarweise, die es in allen möglichen Stellungen und Variationen miteinander trieben. So eine Art Kamasutra in Marzipan. Die Torte selbst sah ansonsten durchaus eßbar aus.

Jetzt wurde es mir wirklich mulmig! Sollte das etwa eine Anspielung sein? Ach was, dachte ich gleichzeitig und vor allem, Anspielung worauf? Schlechtes Gewissen, dozierte mein innerer Schweinehund.

Ich lachte: «Was für eine nette Ferkelei.»

«Gefällt sie dir?» fragte Crissy, die nun neben mir stand mit einem großen weißen Briefumschlag in der Hand. «Die Torte stammt aus der bis jetzt einzigen Erotik-Konditorei Deutschlands», erklärte sie mir mit hörbarem Entdeckerstolz in der Stimme. «Ich habe sie extra bestellt für unsere hoffnungsvolle Autorin erotischer Kurzgeschichten. Die machen die herrlichsten Schweinereien dort, es gibt sogar Krapfen mit Kondom innen drin.» Sie streckte mir den Umschlag entgegen. «Aber erst das hier soll eigentlich mein Hauptgeschenk sein!»

Lona, die inzwischen Gläser geholt hatte, deutete auf eine wunderschön verpackte Schachtel: «Und hier ist mein Geschenk. Crissy hat darauf bestanden, ihre Überraschung zuerst loszuwerden. Also, mach den Umschlag schon auf, Mona, ich platze nämlich vor Neugier. Das Biest wollte mir nicht verraten, um was es sich dreht. Sie tut schon die ganze Zeit so geheimnisvoll, seit sie vom Gardasee zurück ist.»

Ich riß den Umschlag auf und hielt ein Foto in Händen. David! Der Mann auf dem Foto war David!

Ich drehte das Bild, das Postkartengröße hatte, um. Auf der Rückseite stand in Crissys Handschrift: «Traummann zu verschenken! Der kochende Maler ...»

Ich starrte das Bild an, dann starrte ich Crissy an, die grinste. Wie ein Lausbub sah sie aus in diesem Moment.

«Die Überraschung ist dir gelungen», sagte ich leise, «aber woher wußtest du ... Und überhaupt, weißt du eigentlich, was ich wegen dir ausgestanden habe in den letzten beiden Wochen?»

«Das macht nichts. Love hurts, Liebe tut eben weh, das solltest du doch mittlerweile wissen in deinem fortgeschrittenen Alter, Mona!»

«Biest!»

«Na, na, ich denke, du bist auch ganz schön ausgekocht, meine Liebe!» Crissy lachte jetzt frei heraus. «Jedenfalls hat mein kleines Komplott voll ins Schwarze getroffen. Woher ich das alles weiß? Nein, nicht von David persönlich, der ahnte ja genausowenig wie du etwas von meinen Spielchen. Ich kenne lediglich den Galeristen Werner Kranner gut, er war ein enger Freund von Oskar. Ich habe Werner bloß geschickt auszuhorchen brauchen, da erfuhr ich das Augenfälligste. Den Rest konnte ich mir selbst zusammenreimen, vor allem nachdem ich deine verzweifelten Bandansagen abgehört hatte: ‹Crissy, wo steckst du denn, hier ist Mona, geh ran, wenn du da bist. Also gut, oder ruf mich sofort zurück, wenn du kommst› und ähnliche SOS-Rufe. David habe ich vor einigen Wochen über Werner flüchtig kennengelernt. Ich fand ihn schwer okay. Als ich dann auch noch erfuhr, daß er früher Koch gewesen ist mit eigenem Bistro, fiel mir unser Gespräch vor einigen Wochen in Schwabing wieder ein, erinnerst du dich noch? Und schon gingen tausend Laternen an in meinem klugen Köpfchen.»

«Also, jetzt reicht's mir aber mit euch beiden», fuhr Lona plötzlich dazwischen und stoppte damit Crissys Monolog. Ich hatte sowieso bloß noch geschluckt und geschwiegen. Ich war verkuppelt worden! Von einer jungen Frau, die fast meine Tochter hätte sein können …

«Ich will jetzt sofort wissen, was hier gespielt wird.» Lona war wirklich entrüstet. Sie entriß mir Davids Foto, starrte es an und las dann die Worte auf der Rückseite.

«Christine! Hast du etwa versucht, Mona mit diesem Mann hier zu verkuppeln? Spinnst du, oder was? Was soll denn das für ein Geburtstagsgeschenk sein!»

Wenn Lona Crissy bei ihrem vollen Taufnamen rief, dann war Gefahr im Verzug. Das wußte sogar ich mittlerweile. Schon wollte ich Crissy beispringen, da wurde die Wohnzimmertür aufgerissen. Felix in kurzen blauen Baumwollhöschen schniefte: «Mami, wann kommst du endlich ins Bett? Ich kann nicht alleine einschlafen.»

Sofort kniete Crissy vor dem kleinen Mann und nahm ihren Neffen zärtlich in die Arme: «Laß Mami heute ein bißchen mit Tante Mona feiern, die hat nämlich Geburtstag. Ich lege mich zu dir, bis du schlafen kannst, einverstanden?»

«Au ja», Felix war begeistert, die beiden schoben ab. Crissy war fürs erste aus der Gefahrenzone.

«Das habe ich Josefinchen und ihrer Blödheit zu verdanken», moserte Lona – diesmal war ein anderes Opfer dran –, «stell dir vor, das dumme Huhn hat sich jeden Abend die Zwillinge und Felix dazu ins Ehebett gepackt, und so haben sie zu viert geschlummert, hast du da noch Töne?»

«Herzallerliebst», ich mußte grinsen.

«Und ich kann nun die Suppe auslöffeln», tobte Lona weiter, «jetzt will der Racker hier natürlich auch nicht mehr alleine in seinem eigenen Bettchen pennen.»

«Die arme Josefine war arg mit den Nerven runter. Die lieben Kleinen haben sie fertiggemacht, Klaus war nicht da, sie muß sich ziemlich gottverlassen vorgekommen sein», sagte ich.

«Mag sein», Lona klang schon deutlich versöhnlicher. Sie hielt mir Davids Foto unter die Nase: «Und jetzt zu dem hier! Also, was war hier los, während ich weg war?»

«Erst mal brauche ich ein Glas Champagner, dann kann ich besser erzählen.»

Der Korken knallte. «Na los», rief Lona, «auf dich!»

«Gratuliere», sagte meine beste Freundin etwa zehn Minuten später, «gratuliere zum Traum-Zweitmann. Dafür scheint dieser David haarscharf der Richtige zu sein.»

«Also, so habe ich die ganze Sache allerdings noch gar nicht gesehen.»

Lona grinste. «Wie denn? Ich meine, Leander ist der Erstmann, er war schließlich zuerst da. Außerdem scheinst du nicht auf der Stelle mit ihm Schluß gemacht zu haben, bloß weil David aufgetaucht ist. Du lügst Leander sogar an wegen David. Also scheint dir noch etwas an deinem Erstmann zu liegen. Was hat dir Leander übrigens zum Geburtstag geschenkt?»

«Er richtet mir die Party am Samstag aus, außerdem hat er mir rote Rosen und ein Handy überreicht. Er meinte, wo ich doch jetzt auch mehr und mehr journalistische Artikel schriebe, also in einem Medienberuf sei, da wäre so ein Yuppi-Knochen unbedingt vonnöten.»

«Tja, äußerst umsichtig und realitätsnah gedacht, das muß ich sagen. Schau, Mona, so einen Mann schießt keine Frau so einfach in den Wind, mit dem kann jede den Alltag meistern. Dein Neuer dagegen, dieser David, ihn kennst du grade mal zwei herrliche Wochen lang. Du hast aber keinen Schimmer davon, wie es wäre, ihn jeden Tag zu genießen, Freud und vor allem Leid mit ihm zu teilen, bis hin zum prämenstruellen Syndrom ...» Lona brach ab. Sie guckte ernst, auch ihr Tonfall hatte keineswegs spöttisch geklungen. Sie schien zu glauben, was sie da sagte. Und irgendwie hatte sie ja auch recht.

Ich lachte: «Jawoll, Mami.»

Lona fuhr zusammen. «Entschuldige, natürlich weißt du das alles selbst. Ich wollte nur noch einmal den Begriff des Zweitmannes definieren. Er ist dazu da, um Freude zu bereiten, in jeder Beziehung. Vertikal und horizontal sozusagen, einverstanden?»

«Einverstanden», sagte ich und hob mein Glas, «prost, auf meinen Zweitmann!»

Wir kippten den Champagner in uns hinein wie Wasser.

«Übrigens hatte Crissy mit ihrer Kuppelaktion etwas anderes im Sinn, als mir ausgerechnet zu einem Zweitmann zu verhelfen», sagte ich.

«Kann ich mir denken. Sie will dich unbedingt von Leander loseisen, sie hält ihn für einen ausgemachten Langweiler, deiner nicht würdig. Crissy hat noch Illusionen, sie sucht ja auch noch den Traum-Erstmann, Mona. Lassen wir ihr den Spaß, vorerst zumindest. Jedenfalls hat sie in deinem Fall, wenn auch ungewollt, ganze Arbeit geleistet.»

Wir grinsten uns an und kippten unser drittes Glas Champagner. Ich erzählte Lona von meinem geplanten Friedhofsbuch, und daß David mich eingeladen hatte, es bei ihm in Griechenland zu schreiben.

«Das machst du, auf alle Fälle! Aber laß dein neues Handy zu Hause, sonst telefoniert dir Leander ständig hinterher.» Lona dachte wirklich an alles. Wir begannen zu kichern, während wir unser viertes Glas Champagner kippten. Allmählich begann mir dieser Geburtstag so richtig Spaß zu machen. Wie noch keiner vorher.

«Hurra, ich bin endlich vierzig!» kreischte ich los. Mitten in meinen Begeisterungstaumel hinein sagte Lona: «In Melbourne gibt es jetzt ein Luxusbordell nur für Frauen. Die Männer kosten dort für eine halbe Stunde 120 Dollar, für eine ganze 200. Der Ein-Stunden-Service bietet neben erotischer Massage, oralem oder genitalem Sex außerdem einen entspannenden Spa-Badegang und einen zweiten Sexdurchgang bis zum Orgasmus.»

Ich überschlug kurz im Kopf, wieviel mich David in den vergangenen beiden Wochen auf diese Weise gekostet hätte ...

«Ein Zweitmann kommt billiger», gab ich Lona das Resultat meiner beschwipsten Berechnungen bekannt.

«Eben», sagte sie, «prost! Im übrigen haben US-Wissenschaftler herausgefunden, daß die Ehe Männer zahm macht. Grund ist eine Veränderung im Hormonhaushalt. Das Männlichkeitshormon Testosteron nimmt bald nach der Trauung deutlich meßbar ab in ihrem Blut. Nach der Trennung steigt der Testosteronspiegel dann angeblich wieder stark an. Was lernen wir daraus?»

«Frau braucht einen Zweitmann!» krähte ich fröhlich.

«Kluges Mädchen!» lobte mich Lona. «Prost. Auf dich und David!»

«Und was ist mit dir? Wo steckt dein Zweitmann?» fiel mir ein.

«Mach erst mal dein Geschenk auf», sagte Lona.

Das hatte ich fast vergessen! Lonas hübsches Päckchen thronte noch immer auf dem Wohnzimmertisch neben der Torte.

«Wahnsinn», jubelte ich drei Minuten später beim Anblick des sündigen Dessous-Traums in schwarzer und roter Spitze. Es war ein Body. Ein String-Body noch dazu. Jetzt wurde mir auch klar, warum Crissy gewollt hatte, daß ich ihr Geschenk zuerst begutachtete. Erst kam der Traummann, dann die Verpackung dazu, damit frau ihm etwas bieten konnte.

«Danke, Lona», sagte ich, «als hättest du geahnt, daß ich so was gerade im Moment gut brauchen kann.»

«Vergiß nicht, daß ich an der Quelle sitze ...»

«Natürlich nicht. Los, erzähl, ist jetzt alles klar mit Klaus und dem Geld für dein neues Molly-Geschäft?»

Lona nickte. «Wir waren sogar schon beim Notar, Klaus hat natürlich alles schriftlich festgehalten. Jetzt kann ich mich auf die Suche nach einem passenden Laden machen. Einen Lieferanten habe ich mittlerweile auch. Von ihm stammt übrigens dein Teil hier. Er hat fest versprochen, mir meine Übergrößen jederzeit und auf Bestellung prompt zu liefern.»

Die Art und Weise, wie Lona das sagte, machte mich plötzlich stutzig.

«Dieser neue Lieferant, du kennst ihn noch nicht lange?»

«Ich habe ihn vor einigen Monaten auf einer Fachmesse kennengelernt. Er ist sehr sympathisch, ein Gregory-Peck-Typ, und ein Gentleman von Kopf bis Fuß dazu.» Lonas Blick schweifte in die Ferne. Sehnsüchtig, wie ich fand.

«Er wird dein neuer Zweitmann», rief ich.

«Irrtum, er wird mein neuer Erstmann», Lona lachte.

«Holla! Und Klaus?»

«Klaus ist der neue Exmann, wie gehabt», sagte Lona seelenruhig, «die Australienreise hat mir die Augen wieder geöffnet. Er hat sich kein bißchen verändert, sogar herumkommandiert hat er mich wie eh und je. Seinen Koffer durfte ich aus- und einpacken. Und daheim sorgt Josefinchen, die Ex-Zweitfrau und jetzige Erstfrau, für Ordnung. Ungeheuer praktisch. Nein danke, ich habe die Nase endgültig voll von Klaus. Er ist nur noch mein Ex und Vater von Felix. Punkt.»

«Wirst du dann jetzt Gregory Peck heiraten?» Ich nannte ihn so, weil ich seinen richtigen Namen ja noch nicht kannte. Lona protestierte nicht.

«Möglich. Vielleicht irgendwann mal später. Er war schon zweimal verheiratet, hat insgesamt vier erwachsene Kinder. Es eilt also nicht, bei ihm nicht und bei mir nicht. Außerdem hat er ein kleines Problem im Bett. Der Mann ist immerhin schon zweiundsechzig. Aber er macht es durch Zärtlichkeit und viel Verständnis mehr als wett. Bei ihm fühle ich mich geborgen. Wir haben viele gemeinsame Interessen. Und das mit dem Sex ...»

«Viagra», entschlüpfte mir das Zauberwort.

«Hilft auch nicht in jedem Fall», sagte Lona, «außerdem – ihm scheint es nichts auszumachen, und ich kann für mich ja eine andere Lösung wählen ...» Sie brach erneut ab und sah mich an. Mit einem Augenzwinkern.

«Zweitmann», sagte ich.

«Zweitmann», nickte Lona, «aber zuerst suche ich mir einen Laden, das ist auf alle Fälle wichtiger.»

Wieder prosteten wir uns zu. Die erste Flasche Schampus war leer.

In diesem Augenblick ging die Wohnzimmertür auf. Eine leicht verstrubbelte Crissy schob ihren Kopf herein. «Ich muß doch tatsächlich eingeschlafen sein. Habt ihr mir noch einen Schluck aufgehoben?»

Ein Korken knallte. Crissy hob ihr Glas. «Auf dich, Mona!» Sie trank mir zu. Dann warf sie einen schrägen Seitenblick zu ihrer Schwester, ehe sie sagte: «Ich habe auch jemanden kennengelernt.» Auch? Ich fragte mich, ob sie wohl an der Tür gelauscht haben mochte die ganze Zeit.

«Kennen wir ihn?» Lona klang nicht überrascht, aber doch irgendwie alarmiert.

Crissy nickte. «Nicht besonders gut, aber ihr kennt ihn beide. Allerdings hat es keinen Zweck, mich auszufragen. Noch werde ich nicht verraten, wer es ist. Erst wenn er erledigt hat, was er mir versprechen mußte, führe ich ihn euch vor, okay?»

«Okay», stimmte ich sofort zu. Crissy würde ihre Gründe haben. Lona stöhnte und verdrehte die Augen. Sie machte den Mund auf, gleich würde sie Crissy vermutlich zusetzen. Rasch sprang ich aus meinem Sessel auf und eilte an den Tisch.

«Mädels, wir sollten endlich meine unanständige Torte anschneiden, was haltet ihr davon? Wir haben noch nichts gegessen, und ich spüre den Schampus bereits im Kopf ...»

Lona ließ sich tatsächlich ablenken. Sie reichte mir ein großes Messer: «Los, Geburtstagskind.»

Während ich die scharfe Klinge zwischen den vögelnden Marzipan-Pärchen durchzog, holte mich eine Erinnerung ein. Ich hielt inne und drehte mich langsam um.

«Früher habe ich tatsächlich daran geglaubt, mit vierzig würde ich längst Oma sein und eine Kittelschürze oder Filzpuschen zum Geburtstag bekommen, stellt euch das mal vor», sagte ich. «Wißt ihr, was ich meiner armen Mutter zum sage und schreibe vierunddreißigsten Wiegenfest geschenkt habe? Ich war zwölf damals ...»

«Sag es schon», forderte mich Lona auf.

«Doppelherz. Eine Flasche Doppelherz», sagte ich, halb erstickt, «in der Werbung hieß es dazu, es helfe verbrauchten Mütterherzen, oder so ähnlich jedenfalls.»

Wir krümmten uns alle drei vor Lachen. «Armes Mütterlein», japste Crissy, «was hat sie mit dem Zeugs gemacht?»

«Keine Ahnung, in den Ausguß damit, vermutlich. Jedenfalls habe ich die volle Flasche viele Monate später versteckt ganz hinten in einem Küchenfach noch entdeckt.»

«Prost», rief Lona und schenkte uns Schampus nach.

Eine Stunde später waren wir drei gut abgefüllt und schlummerten friedlich auf Lonas Berberteppich dem Dienstagmorgen entgegen.

ELF

Es wurde heiß in der Stadt. Der Sommer kam allmählich auf Touren. Leander stöhnte, weil er mitten im laufenden Sommersemester auch noch das Hauptseminar eines erkrankten Kollegen übernehmen mußte. Folglich steckte er oft bis spät in die Nacht im Institut und bereitete seine Vorlesungen und Versuchsreihen vor. Ich meckerte nicht, es machte mir nichts aus, ihn so wenig zu sehen. Meine Gedanken waren bei David, der zwei-, dreimal die Woche anrief. Ich behandelte Leander mehr und mehr wie einen guten Freund, einen Kumpel aus alten Tagen. Was er ja mehr oder weniger auch inzwischen geworden war für mich. Leander hingegen schien froh und erleichtert zu sein, daß ich ihn nicht mit Vorwürfen und Ansprüchen bombardierte, nichts von ihm erwartete. Unser Umgang wurde spürbar harmonischer, friedlicher, ruhiger. Ohne Sex und Leidenschaft, stellte ich fest, ist es wesentlich leichter, eine angenehme Beziehung zu einem Mann zu pflegen.

Dagegen flogen bei David und mir sogar am Telefon die Fetzen. Wir bescherten uns gegenseitig heiße Telefonsex-Orgien. Manchmal hoffte ich geradezu, irgendein Typ vom BND möge doch mein Telefon anzapfen und heiße Ohren beim Zuhören kriegen. Die Vorstellung allein bereitete mir eine diebische Freude. Jedesmal, wenn es in der Leitung knackte, mußte ich denken: So, jetzt ist es soweit ... Ich fragte sogar Leander, wie wahrscheinlich es sei, daß jemand wie ich vom BND abgehört werde. Der Spielverderber meinte prompt, die Wahrscheinlichkeit strebe gegen null. Ich glaubte trotzdem weiter daran, irgendwie törnte mich der Gedanke zusätzlich an.

Aber ich lieferte David auch telefonisch richtige kleine Eifersuchtsszenen. Warf ihm vor, dort auf seiner griechischen Insel ein flottes Liebesleben zu führen.

«Warum habe ich dann ausgerechnet in München mir jemanden wie dich angelacht», fragte er, «die mich anfaucht, wenn ich sehnsuchtsvoll bei ihr anrufe? Und warum rufe ich überhaupt an?»

Ich stutzte. «Okay, eins zu null für dich», sagte ich und mußte lachen, «du mit deiner verdammten männlichen Logik.»

«Falsch, du mit deiner verflixten, typisch weiblichen Unlogik ...» Und schon waren wir mitten im schönsten Streit. Die Leute bei der griechischen Telefongesellschaft würden sich die Hände reiben, fiel mir hinterher ein, als wir endlich auflegten und ich auf meine Uhr geguckt hatte.

«So ist das mit der Liebe. Am Anfang!» sagte Lona lakonisch, als ich ihr von unseren Scharmützeln erzählte.

«Oje, und ich dachte, das hört bei späteren Lieben auf, man wird vernünftiger mit den Jahren.»

Lona kicherte. «Schön wär's ja, aber leider funktioniert es so nicht. Was macht übrigens dein Friedhofsbuch?»

«Noch nicht viel», gestand ich, «erst müssen noch

einige Annabelle-Stories fertig werden, damit ich in den nächsten Monaten die Miete zahlen kann.»

«Hm, verstehe. Übrigens hat mir die Folge neulich mit dem Kondom-Kurierdienstler besonders gut gefallen. Ich fand das witzig. Du solltest dein Talent, witzig-freche Erotika zu schreiben, weiter ausbauen, Mona. Was sagt eigentlich Leander zu den Annabelle-Geschichten?»

«Nichts, er liest sie nicht. Einmal, vor längerer Zeit, hat er eine überflogen und daraufhin nur bemerkt, er sei froh, daß ich stets unter Pseudonym veröffentlichen würde. So wüßte wenigstens keiner seiner Kollegen und Freunde, was ich da so zusammenschreibe.»

«Armer Leander. Dabei könnte er eine ganze Menge bei der Lektüre lernen», sagte Lona nachdenklich, «aber natürlich paßt diese Reaktion absolut zu ihm. Na, da dürfte ihm doch dein geplantes Friedhofswerk schon mehr zusagen. Wohingegen ich, das muß ich gestehen, nicht ganz kapiere, wie du vom Eros und Kondom-Kurierdiensten auf den Friedhof kommen konntest.»

«Ist doch denkbar einfach! Kondome können reißen oder sonstwie Defekte aufweisen. Davon gibt es Babys, wie du sicher weißt, Lona. Na ja, und erst mal geboren, bewegt die ganze Chose, genannt Leben, sich in direkter Fallinie auf den Friedhof zu, oder etwa nicht? Unausweichlich. Jeder kommt dran, ohne Ausnahme. Richtig? Und schon hast du deinen Verbindungsbogen.»

Lona lachte herzlich. Deswegen war sie wohl meine beste Freundin, sie besaß denselben Humor wie ich, sie lachte über dieselben sarkastischen Bemerkungen. Leander, fiel mir dagegen ein, fand mich häufig einfach geschmacklos. Oder frustriert. Oder beides zusammen.

«Das mußt du ins Vorwort reinschreiben, Mona, unbedingt!» sagte Lona schließlich, als sie fertig war mit Lachen. «Da fällt mir übrigens ein, ich weiß noch eine nette wahre Geschichte, die ich gestern in einer Zeitschrift gelesen habe, sie spielt ausgerechnet in Griechenland.»

«Raus damit, ich sammle Geschichten.»

Da hatten also in der Stadt Larissa dreizehn gutverheiratete, wohlhabende, aber gelangweilte Damen der oberen Zehntausend beschlossen, in ihr Leben etwas mehr Würze und Abwechslung zu bringen. Die Ladys taten sich zusammen, kauften gemeinsam eine kleine Eigentumswohnung im Stadtzentrum und empfingen dort abwechselnd ihre jeweiligen Liebhaber. Nur weil einer der Ehemänner mißtrauisch wurde und irgendwann einen Privatdetektiv einschaltete, flog die Sache schließlich auf.

«Von dem Skandal sollen sämtliche Säulen bis hinunter nach Athen gewackelt haben», sagte Lona.

«Sieh an», ich mußte schon wieder lachen, «diese Griechinnen haben die Idee vom Zweitmann also auch durchdacht und prompt umgesetzt.»

«Leider mit fatalem Ausgang! Und obendrein nicht ganz billig. Der Ankauf einer Eigentumswohnung ist das nie, auch wenn frau die Kosten durch dreizehn teilen kann. Da ist die Idee von Melbourne mit dem Luxusbordell nur für Frauen schon geschickter, und vermutlich auch preiswerter», wandte Lona in ihrer praktischen Art sofort ein, «ich werde das mal durchrechnen in einer stillen halben Stunde ...»

«Tu das», sagte ich, «auf alle Fälle weiß ich jetzt, wie es mit Annabelle weitergehen wird. Mir ist da nämlich gerade eine Idee gekommen. Dafür bin ich dir ein Abendessen schuldig, Busenfreundin.»

Annabelle kehrte also nach München zurück. Sie war gerade lange genug fortgewesen, daß Ferdi anfangen konnte, sie ernsthaft zu vermissen. Zeit, sich daran zu gewöhnen, daß sie eben fort war und er auch ohne sie leben konnte, fand er hingegen nicht mehr. Sie rief ihn mitten in der Nacht an! Mit vor Verlangen bebender, sinnlich-heiserer Stimme kündigte sie an, in zehn Minuten bei ihm zu sein. Ferdi hatte nichts dagegen, er hieß sie herzlich willkommen und sagte ihr, daß er sie vermißt hätte. Damit war ihm Kapitalfehler Numero eins unterlaufen. Er wußte das bloß noch nicht.

Sie kam, trug nur ihren leichten cremefarbenen Trench und nichts, aber auch gar nichts darunter. Und ein Paar schwarzer hoher Stilettos dazu. Außerdem ihre lange Perlenkette, einmal um den Hals geschlungen, mit diesem neckischen Knoten, der zwischen ihren beiden vollen Apfelbrüsten baumelte. Annabelle ließ sich noch von Ferdi aus dem Trench schälen, wobei er vor ihr auf die Knie sank, je tiefer das Mäntelchen rutschte. Kapitalfehler Numero zwo. Er war jetzt genau in der richtigen Position, fand Annabelle. Von diesem Moment an übernahm sie endgültig die Regie.

Um es kurz zu machen – jeder kennt die praktischen Details des Beischlafs zwischen Mann und Frau –, Annabelle vögelte Ferdi in dieser Nacht, daß ihm Hören und Sehen verging. Sie nahm ihn richtig her. Und er zeigte ihr deutlich, wie sehr ihm das gefiel. Er ließ sich sogar zu dem Geständnis «Ich liebe dich, du bist das wundervollste Weib, das ich kenne» hinreißen. Kapitalfehler Nummer drei.

Als sie mit ihm fertig war, er völlig erschöpft in den Kissen lag und sich gerade wohlig an sie kuscheln wollte, stand Annabelle auf, schlüpfte in Pumps und Trench und ging. Ferdi war fassungslos und bat sie inständig zu bleiben. Kapitalfehler Numero vier. Natürlich ging sie trotzdem.

Am nächsten Morgen rief Ferdi Annabelle an. Sie kam nicht ans Telefon, ließ es klingeln. Er jammerte ihren Anrufbeantworter voll. Sie lächelte stillvergnügt in sich hinein. Gegen Abend erbarmte sie sich schließlich und hob den Hörer ab. Er bat sie, zu ihm zu kommen, er müsse mit ihr reden. Sie weigerte sich. Er sagte, dann käme er eben zu ihr. Sie versprach, die Tür nicht zu öffnen, unter keinen Umständen. Er schlug als Treffpunkt ein intimes und sehr teures Restaurant vor. Sie akzeptierte nach einigem Zögern.

Sie kleidete sich ladylike und dennoch ungeheuer verführerisch. Sie plauderte heiter und charmant, sie flirtete und machte Ferdi gänzlich verrückt. Er schmolz dahin und ließ es sich anmerken. Kapitalfehler Numero fünf.

Anschließend fuhr Annabelle allein nach Hause, sie schlief in dieser Nacht nicht mehr mit Ferdi. Eine volle Woche lang nicht mehr, denn sie war nicht erreichbar für ihn. Nur ihr Anrufbeantworter, auf den er schließlich, nach etwa sechs Tagen, sprach: «Annabelle, ich muß mit dir reden, ich werde noch verrückt. Ich liebe dich, verdammt noch mal ...» Kapitalfehler Numero sechs. Und Ferdi war verloren ...

Schließlich rief sie ihn an. Er sagte, er müsse sie sehen, sofort. Sie sagte, sie wäre in ungefähr einer Stunde da. Sie ließ sich dann zwei Stunden Zeit. Trotzdem maulte er nicht, als sie endlich eintraf. Und dann machte er ihr den Heiratsantrag. Sogar einen edlen Platinring mit Brilli hatte er inzwischen besorgt. Wie schon gesagt, Ferdi war verloren.

Annabelle sagte: «Ja», es klang ein bißchen gelangweilt, aber das fiel Ferdi nicht mehr auf in seinem Glückstaumel.

Vier Wochen später waren sie verheiratet ...

Nicht lange nach der Hochzeitsreise – Ferdi war völlig damit beschäftigt, ein schönes Haus für seine junge Ehefrau anzukaufen – machte Annabelle sich ans Werk. Sie legte sich einen Künstlernamen zu, beantragte einen Kredit, unterschrieb einen langfristigen Mietvertrag, ging zu einem Rechtsanwalt und einem Notar, und dann war es endlich soweit. Die Stadt besaß von nun an ein Bordell nur für Frauen!

Ferdi glaubte derweil, seine frischgebackene Ehefrau führe erfolgreich ein Schreib- und Übersetzungsbüro. Er war sehr stolz auf sie, entlastete Annabelle, wo er nur konnte, ja, er kümmerte sich sogar um den gemeinsamen Haushalt ...

An dieser Stelle legte ich eine Pause ein. Am nächsten Tag schrieb ich dann die erste Folge von Annabelles Frauenbordell-Erlebnissen nieder. Ich steckte das Manuskript in einen Umschlag und adressierte diesen an ein bekanntes Herrenmagazin. Große Hoffnungen investierte ich nicht in dieses Unternehmen, aber versucht haben wollte ich es wenigstens. Ich fand nämlich, Lona hatte recht, als sie mir neulich vorhielt, ich nütze mein Talent bis jetzt nur ungenügend.

Ein paar Tage später fuhr ich zu Therese hinaus. Sie begrüßte mich wieder einmal, als habe sie bereits von meinem Kommen gewußt. «Gut schaust aus», stellte Therese fest, «viel glücklicher als beim letzten Mal. Ist was passiert?»

Ich nickte. «Viel.»

Sepp saß wie immer in seiner Sofaecke und blickte kaum auf, als ich ihn begrüßte.

«Jeden Tag wird's ein bissel schlimmer mit ihm», sagte Therese leise, «bloß wenn die Schwester von der Lona kommt, dann wacht er einen Moment lang auf. Er glaubt fest daran, daß sie die Margot ist. Ich gönn's ihm, den Glauben.»

«Crissy war allein hier?» fragte ich überrascht.

«Ein paarmal», sagte Therese, «ich mag das Mädel, und sie fühlt sich wohl da heraußen. Und sie tut dem Sepp gut.»

Dann erzählte sie noch wie nebenbei, daß die Margot endlich einmal geschrieben hätte. Sie sei jetzt in Berlin, lebe mit einem Jazz-Musiker zusammen. Die beiden planten, bald nach Los Angeles zu gehen, wo Margots Freund vorhabe, in einem Tonstudio mitzuarbeiten.

«Und jetzt erzähl du», forderte mich Therese auf.

Also erzählte ich. Von David, meiner geplanten Griechenlandreise und von dem noch zu schreibenden Friedhofsbuch.

Thereses Augen leuchteten auf. «Schöne Nachrichten, ich freu mich für dich, Mona. Und am besten g'fallt mir die Idee mit dem Buch. Also, wenn du noch G'schichten brauchst, da wüßt' ich grad genug, hier im Umland. Ich kenn auch viele Leut hier, alles alte eingesessene Familien. Da ist viel passiert beim Sterben und ums Sterben herum.»

«Gerne, Therese, dann komm ich jetzt öfter vorbei in den nächsten Wochen. Mit Tonband und Fotoapparat.»

Als ich an diesem Abend heimkam, wartete im Postkasten ein Brief auf mich. Das Herrenmagazin hatte meine erste Frauenbordellgeschichte bereits angenommen. Man erwarte gerne weitere Manuskripte in der Art! Das angebotene Honorar konnte sich sehen lassen … Ich rief sofort Lona an und lud sie zum Abendessen in ein Restaurant ihrer Wahl ein. Schließlich hatte sie mir die Grundidee geliefert.

ZWÖLF

ZWÖLF

Der Hochsommer kam allmählich richtig auf Touren. Ich vereinbarte mit David, daß ich so gegen Mitte August zu ihm nach Ikaría fliegen würde. Für volle vier Wochen. Er freute sich, als ich ihm erzählte, ich hätte sogar das Flugticket nach Sámos bereits gebucht. Die Fähre von dort nach Ikaría fuhr täglich, damit sollte es keine Probleme geben.

Die Zeit bis zur Abreise wollte ich nutzen, um für mein Buch zu recherchieren und zu fotografieren. Leander erzählte ich, ich bräuchte den Urlaub in Griechenland anschließend dringend, um abzuschalten und vor allem um das Manuskript zusammenzuschreiben. Von dem Herrenmagazin und den Bordellgeschichten erzählte ich ihm vorsichtshalber nichts. Wie ich ihn kannte, hätte er ja doch bloß die Nase vielsagend gerümpft. Das brauchte ich mir und meiner Arbeit nicht anzutun. Schließlich war Schreiben ein Knochenjob, außerdem brauchte man eine Menge Phantasie dafür. Leander, der oft genug wissenschaftliche Artikel und Vorträge verfaßte, hätte zumindest ersteres wissen müssen. Aber dies war wohl auch das Problem – er erkannte nur seine Art der Schreibe an!

Für das Herrenmagazin hatte ich mir extra ein neues Pseudonym zugelegt – Chlóe … Es sah interessant und geheimnisvoll zugleich aus, diese kurze Buchstabenfolge **Chlóe** unter den frivolen Geschichten. Angeblich hatten die ersten Leser bereits Anfragen gestartet, wer sich dahinter denn verberge. Die Redaktion würde natürlich Stillschweigen bewahren, darauf konnte ich mich verlassen. Ich kicherte bei dem Gedanken hämisch in mich hinein, Leander eines Tages beim Lesen zu ertappen. Ich wußte mittlerweile nämlich, daß er auch zu den (heimlichen) Kunden solcher Magazine gehörte, obwohl er das niemals öffentlich zugegeben hätte. Nachdem ich beim erstmaligen Stöbern in seiner Wohnung vor einigen Wochen die Fotos gefunden hatte, hatte ich mich – da ich schon mal dabei und es somit sowieso egal war – auch noch anderweitig umgesehen. Und dabei in einem anderen Fach seines Schreibtisches gleich einen ganzen Stapel verschiedenster Herrenmagazine und sogar richtig scharfe Pornohefte entdeckt. Leander war eben auch nur ein Mann und ein Heuchler obendrein. Wie so viele.

Bei der Erinnerung daran versickerte die letzte Spur von schlechtem Gewissen wegen meiner geplanten Reise zu David. Ich würde diese vier Wochen dort genießen, auskosten bis zur Neige. Als wären es die letzten vier Wochen, die mir im Leben vergönnt sein sollten! Das schwor ich mir …

Bis dahin stürzte ich mich voller Eifer in die Arbeit. Nebenbei half ich sogar noch Lona, nach einem geeigneten Laden Ausschau zu halten. Es stellte sich heraus, daß dies gar nicht so einfach war. Leerstehende Läden gab es schon, aber oft war die Lage einfach zu schlecht für ein Geschäft oder die Nachbarschaft zu merkwürdig oder, falls dies alles paßte, die Miete immens hoch, zu hoch für

Lona. Bei einem dieser Besichtigungstermine lernte ich dann auch Gregory Peck kennen. Er hieß in Wirklichkeit Georg, Lona nannte ihn Greg. Das paßte irgendwie zu beidem und vor allem zu ihm.

Er war wirklich nett und sah gut aus, vor allem für sein Alter. Ein Gentleman vom Scheitel bis zur Sohle. Er hatte eine vornehme, zurückhaltende Art. Trotzdem stellte er sich als knallharter Geschäftsmann heraus, als es um die Verhandlungen mit dem Vermieter ging.

«Donnerwetter», flüsterte ich, «der Mann ist okay.»

«Ich weiß», Lona strahlte stolz wie ein kleines Mädchen, dessen heißgeliebter Papa von der Freundin gelobt wird.

Crissy hingegen bekam ich kaum mehr zu Gesicht. Lona sagte, sie tauche manchmal tagelang überhaupt nicht bei ihr auf, dann schlafe sie wieder zwei Tage fast am Stück durch und verschwinde erneut. Außerdem sei sie rundlicher geworden und wirke viel weiblicher. Da müsse wohl dieser neue, geheimnisvolle Mann in ihrem Leben dahinterstecken. Außerdem habe Crissy mit keinem Wort neue Model-Aufträge erwähnt. Aber bei ihr wisse man natürlich nie – schon morgen könne die kleine Schwester wieder in ihr altes Leben zurückschlüpfen und zu Modeaufnahmen nach Tunesien entschwinden.

Ich war mir da nicht so sicher. Von Therese erfuhr ich, daß Crissy immer wieder auf dem Hof auftauche. Wenn ich Therese aber auszufragen begann, schwieg sie beharrlich. Sie sagte nicht einmal, sie wisse nichts, sie sagte einfach gar nichts. Wechselte dann das Thema und sprach über einen kleinen, uralten Friedhof in der Gegend, den ich noch nicht kannte. Damit war ich endgültig von

Crissy abgelenkt, außerdem hatte ich wahrlich genug mit meinem eigenen Leben zu tun.

Zwei Tage vor meinem Abflug teilte mir Leander mit, daß er kurz nach meiner Rückkehr im September wieder in die Staaten müsse, zu einer Vortragsreihe. Wir schliefen noch einmal freundschaftlich miteinander und verabschiedeten uns zärtlich und leise. Ohne Mißtöne und ohne größeres Bedauern.

Der Charterbomber nach Sámos war brechend voll an diesem Morgen. Ich ergatterte nur noch einen Sitz am Gang, alle Fensterplätze waren bereits reserviert. Rechts neben mir saß eine ältere, bildungsbeflissene Lady, die unaufhörlich auf mich einredete. Dabei wollte ich mich so gerne gedanklich auf David konzentrieren, auf die Wochen, die vor mir lagen.

«Wissen Sie, ich war ja schon oft in Griechenland, stets in einer Reisegruppe. Einmal sogar mit dem Bus, vor vielen Jahren, als man noch durch Jugoslawien fahren konnte», sagte die ältere Dame gerade, «ich kenne jeden Tempel, jede Ausgrabung zwischen Saloniki und Athen.»

«Wie schön», ich nickte höflich.

«Sie sind ganz allein unterwegs?» plapperte sie weiter.

«Ja. Aber ich besuche einen Freund.» Ich bemühte mich um einen möglichst knappen, sachlichen Tonfall, um ihr den Wind aus den Segeln zu nehmen. Sie guckte mich von der Seite her an, während sie an ihrem Becher mit Mineralwasser schlürfte, den die Stewardeß ihr eben serviert hatte. Ich hatte für mich Sekt geordert, der extra serviert und natürlich auch extra bezahlt werden mußte ... Der Lady-Blick war jetzt abschätzend, mit einem Hauch von Neugier vermischt. Wahrscheinlich fragte sie sich gerade, welcher Art dieser Freund wohl sein mochte. Schließlich, nachdem sie mich tatsächlich von Kopf bis Fuß gemustert hatte, schien ihre Entscheidung gefallen zu sein. Ich war «so eine» – eine Art Sextouristin, die sich einen südländischen Lover hielt, zu dem sie von Zeit zu Zeit per Charterflug einschwebte.

«Jaja, heutzutage ist ja alles viel freier. Zu meiner Zeit wäre so was noch nicht möglich gewesen», sagte die Lady mit einem leisen Seufzer. Der sowohl Bedauern als auch Mißbilligung ausdrücken konnte, ich war mir da nicht so sicher.

Mein Sekt kam. Und weil mich gerade der Teufel so schön ritt und ich außerdem den Rest des Fluges meine Ruhe haben wollte, hob ich meinen Plastikbecher, grinste anzüglich und sagte: «Nein, Madam, zu Ihrer Zeit, da bekamen Frauen meines Alters auch zum Geburtstag höchstens noch eine Flasche Doppelherz geschenkt. Zur Stärkung. Und noch früher wurden sie der Einfachheit halber gleich als Hexen verbrannt. Prost, auf Ihr Wohl und auf einen schönen Urlaub ...»

Von da an herrschte Schweigen.

Dafür unterhielt sich jetzt mein Gangnachbar linkerhand lautstark mit seinem Vordermann. Beide hatten anscheinend einen Clubaufenthalt gebucht, wobei der Vordermann zum ersten Mal, mein Gangnachbar dagegen schon x-mal auf diese Weise Griechenland-Urlaub gemacht hatte. Säulen und Tempel hatte er dabei weniger zu sehen bekommen, die angebotenen Ausflüge schwänzte er meistens, erzählte er. Dafür fand er es supertoll, als sogenannter «All-inclusive-Gast» gleich nach der Ankunft mit einem Plastikarmband geschmückt zu werden. Dieses Band sorge dafür, daß man die ganzen Ferien über – zumindest auf dem Clubgelände – kein Bargeld oder gar Kreditkarten mehr mit sich herumschleppen müsse. Schließlich sei die gesamte Verpflegung im Reisepreis bereits enthalten.

Ich mußte prompt an Herdenvieh denken! An Schafe, die durch das Anlegen einer farbigen Plastikmanschette zur Schur gekennzeichnet werden ...

«Richtig erholsam so was», strahlte mein Gangnachbar.

Der Vordermann pflichtete ihm bei und gratulierte sich selbst zu der weisen Entscheidung, diesmal auch «allinclusive» zu reisen. Und Säulen habe er in seinem Leben wahrlich schon genug gesehen.

Insgeheim entschuldigte ich mich bei der älteren Dame an meiner rechten Seite. Dann schon lieber die Sorte, die alle Säulen und Tempel zwischen Saloniki und Athen kannte ...

Der Sekt begann zu wirken. Ich fühlte eine wohlige Mattigkeit und ließ meine Rückenlehne so weit wie möglich auf die Knie meines Hintermannes herab. Mit geschlossenen Augen dachte ich darüber nach, welch völlig unterschiedliche Motive uns Passagiere dieses Flugzeugs bewogen hatten, heute nach Griechenland zu reisen. Erholung, Bildung und natürlich mein lange verdrängter Hang zum Zweitmann ... Ich kicherte stillvergnügt in mich hinein. Nein, über meine Motive brauchte ich mir keine Illusionen zu machen – Sonne, Meer, Wein, Liebe, Zärtlichkeit und – Sex! Danach stand mir der Sinn, die Lady neben mir hatte gar nicht so falsch geraten.

Davids freches Grinsen erschien vor meinem inneren

Auge, sein wohlgeformter Po, sein wunderschöner, leicht gebogener Schwanz. Ich konnte es kaum mehr erwarten, ihn endlich wieder zu spüren. Ja, so war das. Verzeih mir, Hellas ...

Dann mußte ich wohl eingenickt sein, denn das nächste, woran ich mich erinnere, war die Lautsprecherdurchsage mit der Aufforderung an die Passagiere, sich zur Landung anzuschnallen.

David holte mich an der Fähre ab. Braungebrannt, in weißer Jeans und dunklem Hemd, lehnte er rauchend an seinem offenen Jeep. Das Schiff hatte noch nicht angelegt, sondern tuckerte mit bereits herabgelassener Ladeluke an die Mole heran. Ich genoß den Anblick meines wartenden Lovers, der mich an Deck unter den Mitpassagieren noch nicht erspäht hatte. Keine Frage, David war ein echter Mann. Kein junger Hüpfer mehr, aber auch kein alternder Gockel, der sein Gefieder spreizte. Er besaß Ausstrahlung und Persönlichkeit, das überwog bei weitem die aalglatte, langweilige Schönheit jedes Filmstars, mochte sein Name nun Leonardo DiCaprio oder sonstwie lauten.

Mein Herz begann zu hüpfen, dieser Mann da unten wartete auf mich, auf mich ganz allein! Danke, lieber Gott, daß ich das erleben darf, daß mir diese stille Minute der Betrachtung und der Vorfreude vergönnt ist, dachte ich. Vielleicht werden dies später die Momente sein, an die man sich erinnert mit leiser Wehmut, wenn man zurückdenkt an die wenigen Augenblicke des reinen Glücks, die einem das Leben gönnt ...

«Willkommen auf Ikaría», sagte David und legte beide

Arme um mich, «ich habe lange auf diesen Moment gewartet.» Dann küßte er mich. Um uns her herrschte Gedränge und Lärm. Ankommende wurden von Freunden und Verwandten lautstark begrüßt, dazwischen bahnten sich die Autos, die von der Fähre herunterwollten, hupend ihren Weg. Aber niemand störte uns beim Küssen, niemand rempelte oder hupte uns an.

David startete schließlich, nachdem mein Gepäck auf dem Rücksitz gelandet und ich auf dem Beifahrersitz ordentlich verstaut war. Wir redeten beide gleichzeitig, stoppten dann lachend, weil so keiner mehr etwas verstand – «Erst du ...» – «Nein, du ...» –, um dann doch wieder gleichzeitig loszuplatzen. Schließlich galt es einige Wochen Trennung zu überbrücken, das anfängliche Gefühl der Fremdheit in eines der neuerweckten Intimität umzuwandeln. Damit man dort anknüpfen konnte, wo man getrennt worden war.

Doch David war geschickt und erfahren, lebenserfahren. Er fuhr nicht gleich zu seinem Haus mit mir, verschaffte mir so Zeit, mich daran zu gewöhnen, daß ich angekommen war. Angekommen in einer anderen Welt. Er steuerte eine kleine schattige Taverne an, dessen Besitzer er gut kannte, wie er mir erklärte.

«Ich habe Costas versprochen, ihm meine Frau sofort vorzustellen, sobald sie hier ist», sagte David und warf mir einen zärtlichen Seitenblick zu, «du wirst sehen, er grillt die besten Sardinen, die du je gegessen hast.»

Vor Costas' Taverne schwang sich eben, als wir angebraust kamen, ein Pope in langer schwarzer Kutte auf sein Moped. Brustlang der graue Bart, das Silberkreuz darunter hervorbaumelnd an einer langen Kette, die

Haare im Genick zu einem Knoten geschlungen, eine Zigarette im Mundwinkel.

David hob die Hand zum Gruß. Der Priester nickte zu uns herüber, kniff ein Auge zu und brauste mit wehenden Rockschößen hupend davon.

Costas kam heraus. Dichtes schwarzes Haar, dunkler Schnurrbart, kräftig gebaut, mit freundlichen braunen Augen. Fest der Händedruck, tief der forschende Blick. Die deutsche «Frau» seines Freundes schien in der ersten Sekunde sein Wohlwollen errungen zu haben. Er führte uns zu dem schönsten Tisch im Innenhof der Taverne, wo es schattig und vor allem lauschig war. Es duftete schwer und süß nach Blüten, die Luft war weich. Costas brachte im Nu einen Teller mit Käse und Gurken und Oliven, stellte drei Gläser Ouzo auf den Tisch, um mit uns anzustoßen. Zuerst mit mir, seine dunklen Augen lachten mir zu. Costas sprach ein wenig Deutsch: «Willkommen auf unserer schönen Insel.» Und zu David: «Tolle Frau, du Glückspilz ...» Wir lachten alle drei, die Männer leerten ihre Gläser, während ich mehr Zeit brauchte, mich wieder an den scharfen Anisschnaps zu gewöhnen, den die Griechen vor, während und zu den Mahlzeiten genießen, tagsüber und bis in die späte Nacht hinein. Pur, auf Eis wie wir oder mit Wasser gemischt. Was dann beinahe so gesund aussieht, als tränke man ein Glas Milch. Aber das täuscht, das Zeug hat es in sich!

Dann verschwand Costas erneut, brachte innerhalb von fünf Minuten einen Riesenteller voller gebratener kleiner Fische auf den Tisch. Neue Gäste kamen, und Costas eilte davon. Seine Frau Elena stand in der Küche, winkte durch ein schmales Fensterchen zu uns heraus.

Davids Augen suchten meinen Blick, und da war sie – die Vertrautheit unserer zwei München-Wochen, das Begehren und die Zärtlichkeit. Ein junges dunkelhaariges, hübsches Mädchen kam wortlos heran und stellte eine Flasche Wein auf den Tisch: «Das ist Anna, Costas' Tochter», sagte David. Die kleine Griechin lächelte scheu und verschwand wieder.

«Du gefällst ihr», raunte David in mein Ohr.

«Woher willst du das wissen? Das Mädchen hat doch kein Wort gesagt.»

«Ich kenne sie, ihr Blick eben drückte mehr aus als Worte. Und außerdem entspricht es nicht der hiesigen Mentalität, große Reden zu schwingen.» Unter dem Tisch preßte David sein Bein gegen meines und schwieg jetzt ebenfalls. Die Berührung sprach auch für sich, ich verstand augenblicklich.

Wir begannen zu essen, verschlangen die gebratenen Sardinen mit Kopf und Schwanz, steckten uns die köstlichen Fischhappen gegenseitig in den Mund. David schenkte mein Weinglas immer wieder voll. Wir knabberten Gurken, Oliven und Schafskäse dazu, und ich fühlte – ich war direkt im Paradies gelandet. Jetzt konnte es eigentlich nur noch eine Steigerung geben: in Davids Armen zu liegen ... Als hätte er meine Gedanken gelesen, sah er mich an, steckte eine Olive zwischen meine Lippen, kam näher mit seinem Mund, küßte die Lippen mit der Olive dazwischen und raunte heiser: «Ich glaube, wir sollten langsam aufbrechen. Was meinst du?» Ich nickte nur.

Costas kam, als David ihm zuwinkte, um zu zahlen.

«Heute nicht zahlen», sagte Costas, «Willkommen für

Mona!» – Griechische Gastfreundschaft! Willkommen für Mona … Zum Abschied küßte Costas mich auf beide Wangen.

Davids Häuschen war schneeweiß mit blauen Fensterläden. Überall standen und hingen üppige Geranientöpfe in den Fensternischen und Mauervorsprüngen. Ein kleines Märchenschloß. Ein Mäuerchen aus Natursteinen umschloß den großen Garten mit Feigen- und einigen knorrigen Olivenbäumen darin. Ich liebte das Haus vom ersten Moment an. Genauso war es mir mit seinem Besitzer ergangen, erinnerte ich mich.

Ich kam nicht mehr zum Auspacken. Kaum hatten wir das kühle Innere des Hauses betreten, als David mein Gepäck in eine Ecke stellte und mich in den ebenerdigen Raum zog, der zum Garten hin lag. Wir fielen engumschlungen auf das breite, mit einer blauen Decke geschmückte Bett. Ich spürte Davids Hände unter meinem weiten, luftigen Baumwollkleid und stöhnte auf. Dann gab es auf einmal kein Halten mehr. Wir rissen uns gegenseitig fast die Kleider vom Leib. Es war uns beiden klar, ein Vorspiel war nicht mehr angeraten. Das hatte bereits die ganze Zeit über in Costas' Taverne stattgefunden, was mehr als ausreichend war.

Als David in mich eindrang, kam ich beinahe sofort. Er merkte es nicht, das gab mir Zeit, den nächsten Höhepunkt anzupeilen. Wieder einmal löste ich mich auf im Hier und Jetzt. Ich stöhnte, ich stammelte, und ich schrie. Ich hörte, wie David zärtliche Worte in mein Ohr flüsterte, merkte, wie er sich aufbäumte, explodierte beinahe gleichzeitig mit ihm …

Später packte ich in Ruhe aus, während David duschte, ehe ich selber in das helle, geräumige Badezimmer marschierte, ebenfalls duschte, meine Haare wusch und mir die Wimpern tuschte für den Abend. Im Spiegel sah mir ein strahlendes, frisches Gesicht mit leuchtenden Augen entgegen. Make-up hatte ich nicht mehr nötig, stellte ich zufrieden fest. Die Liebe, der Sex ließen mich von innen her aufleuchten. Was zählten da schon kleine Fältchen um die Augen herum? Nichts.

Als ich fertig war im Bad, zog bereits köstlicher Essensduft durchs Haus. Mein kochender, malender Lover bewies ein weiteres seiner Talente.

Die nächsten drei Tage kamen wir nicht viel aus dem Haus, ja kaum aus dem Bett heraus. Nur jeweils gegen Abend in eine kleine, nahe am Haus gelegene Bucht, um ein bißchen zu schwimmen im glasklaren Wasser. Hinterher kochte David wieder für uns, weil ich fand, daß er das so gut konnte, und ich ihm außerdem gerne dabei zusah und von ihm lernte. Am vierten Tag beschlossen wir in stillem Einvernehmen, uns wieder ins normale Leben zurückzuklinken. Immerhin waren wir beide keine Dreißig mehr, sagten wir uns lachend und – genug ist, wenn man beginnt, zwischen den Beinen wund zu werden. Der Mensch lebt nicht vom Sex allein ... Ich mußte grinsen, diesen Spruch würde ich irgendwann einmal Annabelle in den Mund legen, in eindeutig zweideutigem Zusammenhang. Denn erotische Geschichten ohne Humor waren für mich noch weniger wert als die berühmte Suppe ohne Salz. David stimmte mir darin hundertprozentig zu.

Anfangs hatte ich ja befürchtet, gar nicht zum Arbeiten zu kommen in jenen Inselwochen. Aber da kannte ich David schlecht. Nach diesen ersten drei Liebestagen kehrte er zu seinem gewohnten Tagesablauf zurück. Frühmorgens bereits stand er an seiner Staffelei und malte, während ich noch schlief. Später frühstückten wir zusammen im Garten, und David kehrte an die Staffelei zurück. Bis zur Siesta, am frühen Nachmittag, bekam ich ihn nicht mehr zu Gesicht. Also holte ich meinen Laptop hervor und meinen Arbeitsordner und begann mit dem ersten Kapitel des Friedhofsbuches. Es war ruhig und kühl im Haus, und ich konnte mich gut konzentrieren. In den Stunden der mittäglichen Siesta dann war ich entspannt, weil ich gut gearbeitet hatte, und konnte Davids Zärtlichkeiten um so mehr genießen. Wir liebten uns, und wir ruhten uns aus, aßen zwischendurch eine leichte Kleinigkeit, meistens Salat und Obst. Später wanderten wir dann zu unserer Bucht, schwammen und genossen die warme Abendsonne. Zum Essen fuhren wir im Jeep meist zu Costas, wo wir bis spät in die Nacht mit ihm, seiner Familie und griechischen Freunden Davids zusammensaßen, tranken, erzählten und lachten. Ein Tag glich dem anderen hier auf der Insel, die Unterschiede zwischen Werk- und Sonntagen – wie zu Hause gewohnt – verschwammen. Die Zeit wurde zu einem breiten Strom, der einen mitnahm auf die Lebensreise.

Ich lernte, hart und konzentriert zu arbeiten zu einer bestimmten Tageszeit, und dann wieder die Seele baumeln zu lassen. Dadurch tankte ich auf, sammelte Energie und Kräfte, obwohl ich mehr arbeitete als oft zu Hause in München. Meine Haut wurde knusprig braun, mein Haar heller. Ich fühlte mich rundherum wohl. Und dennoch – gegen Beginn der vierten Woche merkte ich, wie ich allmählich unruhig zu werden begann! Das Großstadtleben fehlte mir. Das überraschte mich, aber es war so. Natürlich fehlten mir auch die Freunde und Bekannten, die ich zu Hause hatte. Aber ich hätte auch gerne wieder einmal eine Ausstellung besucht, ein Konzert oder wäre mit Lona durch die Kneipen gezogen. Ich betrachtete nachdenklich meinen attraktiven Insulaner, den solche Sehnsüchte nicht im geringsten zu plagen schienen. David ruhte offensichtlich in sich selbst, war rundum zufrieden mit seinem Leben hier auf der Insel. Aber jetzt war Sommer – und wie sah es im Winter aus? Ich fragte ihn …

«Plagt dich das Heimweh?» erwiderte er ruhig und kniff ein Auge zu. «Dafür brauchst du dich nicht zu schämen. Im Winter ist es hier sehr ruhig und einsam, oft stürmt und regnet es, manchmal werden dir die Sachen am Körper klamm. Du würdest es vermutlich nicht mögen, zu der Zeit hier zu sein, Liebes.»

Ich nickte. «Und du?»

«Ich bin es gewohnt, außerdem ist die Insel meine selbstgewählte Heimat. Manchmal werde ich nach Deutschland reisen. Zu dir nach München …» Er sah mich fragend an.

Ich nickte heftig. «Das will ich doch hoffen …»

«Und Leander? Was wird er sagen?»

«Er ist viel unterwegs», sagte ich zögernd.

«Ja, und? Weiß er inzwischen von mir?»

Ich schüttelte heftig den Kopf: «Nein, und ich glaube …»

«Ist wahrscheinlich auch besser so», bestätigte David, «er würde es vermutlich nicht verstehen können und wollen. Er lebt ein anderes Leben als ich.»

«Und wie kommst du damit zurecht?» Ich verstummte.

«Ich leide nicht mehr unter Besitzdenken, schon lange nicht mehr, Mona!» sagte mein Zweitmann ernst. «Verheiratet war ich einmal, das war mir eine Lehre. Und mein jetziges Leben gefällt mir. Ich liebe meine Freiheit, meine Arbeit und ...» Er brach ab, ehe er leiser fortfuhr – «... dich liebe ich auch. Über das alles haben wir bereits einmal gesprochen, erinnerst du dich? Auch du mußt dein Leben führen, du brauchst die Großstadt, um produktiv zu bleiben, um schreiben zu können. Wie ich meine Insel brauche, um malen zu können. Also werden wir uns, solange du das mitmachen magst, immer wieder auf halbem Wege treffen. Einmal hier, einmal dort. Wenn du Leander heiraten willst, so tu es, es ist dein Leben, Mona. Es wird mich nicht daran hindern können, dich trotzdem zu lieben. Alles klar?»

«Alles klar!» bestätigte ich.

Ich war David dankbar für seine Offenheit. Dafür liebte ich ihn sogar noch mehr. Lona fiel mir ein. Sie hätte seinen Worten voll zugestimmt, soviel war auch klar. David war der geborene Zweitmann, ganz in Lonas Sinne ... Jetzt mußte bloß ich mir noch überlegen, wie ich zu dem allen wirklich stand.

DREIZEHN

DREIZEHN

«Melde dich bitte, sobald du angekommen bist, ich möchte mit dir über etwas reden. Ich weiß alles ... Leander»

Diese kurze Notiz fand ich bei meiner Rückkehr im September neben dem Telefon im Flur vor. *«Ich weiß alles»?!!* Ich beschloß, mich dumm zu stellen und notfalls alles, aber auch alles abzustreiten. Wie ich Leander kannte, wußte er ohnehin nichts, sondern bluffte nur, auf bloßen Verdacht hin.

Ich packte aus, duschte und zog mich um, ehe ich Leander im Institut anrief. Zwanzig Minuten später stand er vor meiner Tür. Am Telefon wolle er nicht reden, hatte er erklärt. Das Abendessen brachte er aus dem Feinkostladen mit. Was ich aufmerksam fand, mein Kühlschrank war nämlich leer.

«Also», sagte Leander, «wo fange ich am besten an ...»

«Ganz am Anfang», schlug ich vor, «und der Reihe nach.»

Er lachte nicht. «Na schön! In der Woche nach deinem Abflug habe ich Inge, Frau Doktor Inge Heuwiese, sie hat mit mir zusammen promoviert, vielleicht erinnerst du dich ... Also, ich habe Inge einen Heiratsantrag gemacht!»

Jetzt war ich doch platt. «Du hast was?» Ich erinnerte mich vage an besagte Dr. Inge Heuwiese. Die Dame hatte Haare auf den Zähnen und konnte mich vom ersten Moment an nicht leiden. Was sie sich deutlich anmerken ließ. Vielleicht hatte ihr nicht gepaßt, daß ich kichern mußte, als Leander sie mir vorgestellt hatte: «Mona, Frau Doktor Heuwiese ...» Sie konnte schließlich nichts für ihren Namen!

«Keine Angst», Leander streckte die Arme nach mir aus, «ich werde Inge nicht heiraten. Wir würden nicht zusammenpassen, das ist mir klargeworden. Es war bloß ... ich fühlte mich einsam, müde, verlassen. Du flogst alleine nach Griechenland, und da hatte ich diesen dummen Einfall ...»

Ich starrte ihn an und trat einen Schritt zurück. «Ich verstehe, ehrlich gesagt, überhaupt nichts mehr. Und was sollte die Bemerkung ‹Ich weiß alles› auf deiner Nachricht?»

«Also», sagte Leander und ließ die Arme hängen, «also, das war so ... Inge hatte sich Bedenkzeit erbeten. Schließlich kam mein Vorschlag doch reichlich überraschend ...» Ich nickte heftig. «Na ja, und dann hat sie hinterrücks einen Privatdetektiv angeheuert! Sie wollte nicht den Kater im Sack kaufen, hat sie mir hinterher erklärt. Außerdem wollte sie wissen, was zwischen mir und dir noch so liefe.»

Ich horchte auf. Privatdetektiv? Das wurde ja immer besser!

«Viel hat der Schnüffler nicht rausgefunden, weil du ja in Griechenland warst», fuhr Leander fort, «aber immerhin genug, daß Inge klar wurde, zwischen uns ist es noch nicht richtig aus! Außerdem hat der Detektiv rausgekriegt, daß du unter dem Pseudonym Chloé Pornos für ein Herrenmagazin schreibst, was mir auch neu war. Inge fand das geschmacklos. Und mich gleich dazu, weil ich dich verteidigte ...»

Mit meiner Fassung war es jetzt vorbei: «Was geht das Frau Doktor an», tobte ich los, «oder dich? Ich lebe vom Schreiben, und ich schreibe, was ich will! Du heiratest schließlich auch, wen du willst, oder nicht? Außerdem sind es keine Pornos, sondern Erotika, kapiert?»

Leander hob in einer hilflosen Geste die Arme. «Bitte, Mona, du hast ja recht in allem! Ich habe Frau Doktor, um bei deiner Wortwahl zu bleiben, auch sofort gesagt, wie empört ich wäre über ihr Vorgehen. Und sie gebeten, meinen formlosen Antrag als grandiosen Irrtum meinerseits zu betrachten. Außerdem habe ich ihr erklärt, daß ich ohnehin viel lieber dich heiraten möchte.» Oh, là, là! Frau Doktor war sicher gekränkt gewesen. Eine Porno-Queen statt ihrer Person!

Die Verwirklichung seiner Lebenspläne schien Leander tatsächlich auf den Nägeln zu brennen! (Lehrstuhl und zwei Kinderchen bis Mitte Vierzig. Es wurde Zeit, die Auswahl der Braut war da verständlicherweise eher zweitrangig!)

«Spinnst du? Mich heiraten ... Nach allem ...?»

«Mona, ich liebe dich wirklich», stieß Leander hervor, «wenn du nach Hawaii gekommen wärst, wäre das auch alles gar nicht passiert. Wir könnten längst ein Ehepaar sein.»

Das haute mich um. Jetzt bekam am Ende ich die Schuld? Vielleicht lag die aber tatsächlich teilweise bei mir, fiel mir dann ein. David war auch erst nach Leanders damaligem Erstantrag aufgetaucht ...

«Ich finde, wir gehören zusammen. Außerdem kennen wir uns schon so lange, wir respektieren einer den anderen und dessen Freiräume. Ich könnte nie eine Frau heiraten, die mir hinterherschnüffelt», quasselte Leander munter weiter, «wir könnten auch im Prinzip genauso leben wie bisher. Vorerst in getrennten Wohnungen, wenn dir das lieber ist. Übrigens wird mir hier in Kürze ein Lehrstuhl angeboten werden.»

Er sah mich erwartungsvoll an, ich wich seinem Blick aus. Ich hatte Angst, die Fassung zu verlieren und loszulachen.

«Eine Familie kann von einem Professorengehalt anständig leben. Du bräuchtest in Zukunft keine Por... Erotika mehr zu schreiben, jedenfalls nicht aus finanziellen Gründen. Versuch's doch mal mit einem richtigen Roman, du hast Talent, Mona! Und sollte mir auf meinen vielen Reisen, die ich auch in Zukunft unternehmen werde, einmal etwas zustoßen, so bist du mit der zu erwartenden Pension jedenfalls gut versorgt.» Leander verstummte endlich, sein Repertoire war ausgeschöpft.

«Und vergiß nur ja nie, die Kondome in den Koffer zu packen», warf ich bissig hin, weil mich eine Erinnerung eingeholt hatte. Was Leander wohl sagen würde, wenn er ahnte, daß ich auch schon mal hinter ihm hergeschnüffelt hatte? In seiner Wohnung, als ich die gewissen Fotos mit Damen fand ...?

«Das wird übrigens Teil unserer Abmachung sein», erklärte er sofort, «keiner wird jemals dem anderen nachspionieren, jeder behält seinen privaten Freiraum. Wie bisher auch. Eine Ehe ist schließlich kein Gefängnis, das wäre ja noch schöner. Ich will eine Frau, keinen Wärter.»

«Eben!»

«Du bist also einverstanden?» Leander blühte sichtlich auf. «Das freut mich. Ich finde es nämlich wirklich an der Zeit, daß wir beide endlich unter die Haube kommen, in unserem Alter ...» Er lachte herzlich, seine Laune schien zusehends zu steigen. «Übermorgen muß ich in die Staaten fliegen. Für drei Wochen. Hinterher hätte ich gerne deine endgültige Antwort, okay?» Alles durchgeplant, der Herr!

Zum Glück klingelte in dem Moment mein Telefon. Lona wollte wissen, ob ich bereits zurück sei.

Lona hatte endlich den ersehnten Laden gefunden. Mitten in Schwabing, zu einer gerade noch erschwinglichen Miete. Sie gab mir die Adresse durch, und wir vereinbarten, uns dort am nächsten Morgen zu treffen. Crissy wolle auch kommen, verkündete Lona noch, die kleine Schwester sei in der letzten Woche überhaupt nicht mehr zu Hause aufgetaucht und habe irgendwas von einer Überraschung am Telefon gefaselt. Lona setzte noch kichernd hinzu, sie hätte aber auch eine, nein, eigentlich gleich zwei Überraschungen auf Lager.

«Ich aber auch», triumphierte ich. Dann legten wir auf.

Leander war bereits wieder startbereit. Er müsse noch packen für USA, einen Vortrag zu Ende schreiben und, und, und ... «Ich verstehe», sagte ich großzügig, «laß dich nicht aufhalten.» – «Und du vergiß nicht unser Abkommen», sagte er und küßte mich hastig auf den Mund. So long, Honey!

Später rief ich David an, und wir redeten und turtelten, bis ich müde wurde. Sein zärtliches «Du fehlst mir, weißt du das?» trug mich auf Engelsflügeln in den Schlaf. Ich stellte fest, ich vermißte ihn ebenfalls, aber ich konnte auch gut allein schlafen. Er war nicht bei mir, aber irgendwie doch ... Die Liebe war schon eine seltsame Sache.

Ich war überrascht. Lonas Geschäft war bereits eingerichtet und wirkte elegant und geschmackvoll. Die ausgestellten Dessous-Teile fielen zwar ausladender aus als gewohnt, sahen aber trotzdem sexy aus. In der Tür hing ein großes Schild: «NEUERÖFFNUNG am 20. SEPTEMBER – MOLLY-DESSOUS» – das war bereits übermorgen!

Ich umarmte Lona: «Was für eine Wucht. Gratuliere!»

Sie lachte: «Danke! Ohne Greg hätte ich es niemals so schnell geschafft. Wir werden übrigens heiraten, im Oktober. Das ist die erste Überraschung! Er meint, so könnte er mich am besten unterstützen, und außerdem würde er nicht gern allein alt werden. Seine Kinder sind alle gut versorgt und werden ihre Erbteile kriegen. Außerdem leben die ihr eigenes Leben, zum Vater kommen sie nur, wenn sie Geld wollen.»

«Das wird ja immer besser, ich freue mich für dich!»

«Warte mal, bis du die zweite Überraschung hörst ...»

«Schieß schon los, ich kann's kaum erwarten.»

«Ich habe meinen Zweitmann gefunden!» sagte Lona. Sie zog ein Foto aus ihrer Handtasche und reichte es mir.

Ein junger blonder Mann mit sympathischem Lächeln und blauen Augen – ich starrte das Bild an, dann Lona.

«Um es kurz zu machen», sagte sie, «er heißt Konstantin, ist vierundzwanzig und studiert an der Kunstakademie. Vor kurzem hat er den ersten Preis in einem Design-Wettbewerb gewonnen. Es ging dabei um den Entwurf eines Katzenklos. Er hat mir geholfen, die Bude hier auszumalen. Ich hatte mir eingebildet, das selber zu machen. Greg mußte zu einer Dessous-Messe, Crissy konnte ich sowieso vergessen, also habe ich beim Studentenschnelldienst angerufen. Die haben mir dann Konstantin geschickt. So fing es an. Übrigens weiß Greg Bescheid, nicht in allen intimen Einzelheiten, aber immerhin. Er hat ja auch dieses körperliche Problemchen, wie du weißt, und in unserer Beziehung ist Sex absolut zweitrangig. Konstantin weiß dagegen noch nichts von Greg, aber er wird es wohl schlucken, jung wie er ist. Er hat das Leben ja noch vor sich, eine feste Bindung schwebt ihm, denke ich mal, so bald ohnehin nicht vor. Dafür ist er im Bett eine Wucht.»

«Lona, das sind ja wirklich zwei großartige Überraschungen! Und was sagt Klaus dazu, macht er keine Schwierigkeiten?»

«Das würde ich ihm nicht raten», sagte Lona langsam, «außerdem ist und bleibt er der Vater von Felix. Ah, da fällt mir ein, ich habe ja noch eine Neuigkeit! Stell dir vor, Kläuschens derzeitige Erstfrau hat mich beinahe auf Knien angefleht, ihr in meinem Geschäft einen Job zu geben. Josefinchen meinte, sie halte es nur als Hausfrau und Mutter nicht mehr länger zu Hause aus. Ich habe mich erweichen lassen, und ehrlich gesagt, bräuchte ich sowieso jemanden für den Laden. Zwei Tage die Woche wird Josefine hier künftig einspringen. So, und jetzt zu dir, Mona! Ich höre ...»

Also erzählte ich, bis hin zu Leanders neuerlichem Angebot von gestern abend. Lona lächelte zufrieden.

«Na also. Was gibt's da noch zu überlegen? Du heiratest ihn, er macht es dir doch denkbar einfach mit seinen eigenen Freiheitsidealen! Und zur Erholung fliegst du regelmäßig nach Griechenland. David sieht die Dinge auch auf seine ureigenste Weise, ihr bildet also ein perfektes Trio. So perfekt wie Greg, Konstantin und ich ...» Sie schmunzelte... «Ich hätte nie geglaubt, daß es tatsächlich so prompt bei uns beiden klappen könnte, als ich dir zu Beginn dieses Sommers den Zweitmann ans Herz zu legen versuchte ...» Sie brach ab, denn in diesem Moment stürmte Crissy in den Laden! Gefolgt von einem gutaussehenden Typen, der in etwa mein Alter haben mußte und der mir irgendwie bekannt vorkam. Vor allem die schönen grauen Augen erinnerten mich an jemanden, ich kam bloß nicht darauf, an wen ... Er hatte kurzgeschnittene Haare und war glattrasiert. Groß und schlank der Kerl, auch die Muskeln an den Oberarmen riefen eine Erinnerung wach, die ich nicht zuordnen konnte. Momentan zumindest.

Crissy hatte deutlich zugenommen, wirkte dadurch viel fraulicher und reifer. Allerdings gar nicht mehr wie ein Model.

«Hallo, Lona, hallo, Mona!» rief Crissy fröhlich.

«Hallo, Lona, hallo, Mona!» sagte ihr Begleiter. Diese Stimme!!! Das durfte doch nicht wahr sein ...?!

«Henry», schrie ich, «bist du das etwa? Henry, der Clochard?» Seine Augen! Es waren Henrys Augen!

In der nächsten Minute redeten wir alle gleichzeitig. Bis Crissy donnerte: «Ruhe, ich erkläre euch ja alles ...»

Lona und ich erfuhren also, daß Henry alias Heinrich Hämmerle in Wirklichkeit Journalist und Autor war. Als Henry, der Clochard, hatte er für sein nächstes Buchprojekt recherchieren wollen – *«Ein Pennerleben in Deutschland»* –; dummerweise war Henry bei diesen Recherchen selbst beinahe abgestürzt, von wegen Alkohol, Mädels und dem Münchner Nachtleben. Seine Fans hatten ihn gut, wohl allzugut unterstützt. Er hatte Gefallen gefunden am süßen Nichtstun und sich dabei um ein Haar eine Leberzirrhose an Land gezogen. Gerettet hatte ihn schließlich ein junges, verliebtes Ding namens Crissy. Das im übrigen mittlerweile bereits im dritten Monat war! Sie hatte ihren Clochard kurzerhand zu einer Entziehungskur verdonnert, die er nunmehr glücklich und erfolgreich hinter sich gebracht habe. Der Hochzeit stünde jetzt nichts mehr im Wege, sie sei für Anfang Dezember geplant … Wohnen werde das junge Paar übrigens bei Therese auf dem Hof. Gegen Miete, versteht sich, allerdings eine sehr preiswerte. Für das Geld kriege man in München nicht mal ein Einzimmerappartement. Derzeit werde auf dem Hof gerade ein Badezimmer eingebaut. Mit Geld aus Henrys Ersparnissen, die er vor seiner Pennerzeit angelegt hatte. Therese sei begeistert über die Aussicht, in Kürze eine komplette junge Familie beherbergen zu dürfen, und freue sich unbändig darauf, als Adoptivoma einzuspringen. Und der gute Sepp, mit dem es immer mehr bergab gehe, hielte Crissy sowieso nach wie vor für seine eigene Tochter. Hier stockte der Redefluß …

Lona starrte mich an, ich lächelte ihr beruhigend zu, ehe ich mich an Crissy wandte: «Henry und du, das ist die Überraschung des Jahres! Wann hat das angefangen mit euch?»

Diesmal antwortete Henry. Er sah wirklich gut aus, so adrett und in Zivil. «Erinnerst du dich an den Abend nach Oskars Beerdigung? Wir drei hatten uns vor dem bereits zugeschaufelten Grab getroffen. Dann klingelte dieses Handy, wir gingen die Totengräber suchen. Anschließend waren wir alle einen trinken, du gingst als erste heim, Mona.»

Ja klar erinnerte ich mich jetzt! Da also schloß sich der Kreis! Oskar war tot und beerdigt, und zwei seiner Freunde fabrizierten prompt miteinander noch in der Nacht seiner Grablegung ein neues, kleines Lebewesen. Wie um Oskar zu feiern und gleichzeitig den Tod zu verhöhnen ... Das könnte glatt das Schlußkapitel zu meinem Friedhofsbuch abgeben, schoß es mir in dem Moment durch den Kopf!

Zuerst würde ich aber noch die Story um das mitbeerdigte Handy einflechten. Die war auch super. Stellte sie doch den direkten Verbindungsbogen her: Moderne Zeiten – alte Begräbnissitten – der Tod als Finale. Er war immer endgültig und unbesiegbar, ganz gleich, wie das Leben vorher ausgesehen und in welchem Zeitalter es stattgefunden haben mochte.

Ich freute mich, das würde ein tolles Schlußkapitel werden, geschöpft aus dem wahren Leben ...

Crissy unterbrach meinen gedanklichen Höhenflug: «Mona, erinnerst du dich noch an unsere Abmachung im Straßencafé? Ich habe meinen Teil erfüllt, und was ist mit dir?»

Die fragenden Blicke Lonas und Henrys ignorierend,

sagte ich ausweichend: «Ich habe Bedenkzeit erhalten! Vergiß nicht, ich bin nicht mehr so jung und spontan wie du. Und jetzt laßt euch erst mal drücken und beglückwünschen ...»

Das taten wir dann auch, Lona und ich. Das junge Paar strahlte wie die warme Septembersonne draußen. Die beiden wollten sich dann aber doch schnell verabschieden, einen Kinderwagen kaufen gehen. Sie versprachen, zur Eröffnungsparty übermorgen anzutraben. Dann waren meine beste Freundin und ich wieder allein miteinander. Wir legten eine feierliche Schweigeminute hin. Vielleicht auch zwei.

«Wer hätte das gedacht», sagte Lona endlich, «Crissy hat ihren Erstmann gefunden! Gibt ihre Model-Karriere auf für einen Clochard und wird Mutter. Obwohl, er sieht eigentlich ganz passabel aus, dieser Heinrich Hämmerle, findest du nicht auch?» Ich nickte eifrig.

«Na ja», fuhr Lona fort, «sie ist ja wirklich noch jung, da muß es eben so sein. Wie lange geben wir ihr, bis ...?» Sie brach ab und grinste mich frech an.

«... bis zum Zweitmann?» vollendete ich ihre Frage. «Rein statistisch gesehen, volle vier Jahre!»

«Doch so viele», sagte Lona. Und dann mußten wir ganz fürchterlich lachen. Wir lachten immer noch, als die Tür des Ladens aufgerissen wurde und eine junge blonde Frau hereinwirbelte, die uns verwundert einen Moment lang anstarrte, ehe sie sagte: «Hallo, ihr zwei! Ich wollte bloß vorbeischauen, damit Lona mir schon mal alles zeigen kann.»

«Das ist nett von dir, Josefine», sagte Lona heiter.

«Gut siehst du aus», sagte ich, denn das tat Josefinchen

wirklich. Gar nicht mehr so abgehärmt wie noch vor einigen Wochen. Schlanker war sie auch geworden, wenn auch noch nicht wieder in demselben Maße wie vor der Entbindung. Außerdem strahlten ihre Augen wie zwei Christbaumkugeln.

«Danke, mir geht's auch prima!» Die Augen blitzten ja richtig! Das war pure Lebensfreude, soviel war klar.

Ich betrachtete Kläuschens Erstfrau einen Moment lang in ihrem Strahle-Zustand, und dann begann mir etwas zu dämmern. Rein auf Verdacht hin fragte ich: «Du bist frisch verliebt, stimmt's, Josefine? Du hast dir einen Lover zugelegt ...»

Sie zuckte richtig zusammen. «Sieht man es mir an? Ihr werdet doch den Mund halten, oder?»

Lona und ich tauschten einen langen Blick. «Willkommen im Club!» krähten wir dann beide gleichzeitig los. Und mußten schon wieder lachen ... lachen, bis uns die Tränen kamen.

«Also, das müßt ihr mir jetzt aber schon erklären», platzte Josefine mit hochroten Bäckchen mitten in unser Gegackere hinein.

EPILOG

Dieses Buch hat exakt 13 Kapitel. Aus purer Absicht! Erstens ist die 13 meine ganz persönliche Glückszahl, was sich schon daran zeigt, daß ich an einem 13. Juli geboren wurde. Und zweitens möchte ich mit Hilfe dieses Buches gleich mit zwei weitverbreiteten Irrtümern aufräumen – daß eben die 13 Unglück bringen soll und daß eine Frau nur einen einzigen Mann lieben kann!

Schließlich weiß jede Frau, vor allem wenn sie Kinder hat, daß sie alle ihre Sprößlinge liebt und nicht nur einen davon. Da Männer aber bekanntlich wie Kinder sind, folgt daraus beinahe zwangsläufig … Na? Eben! So was nennt man Logik. Außerdem sagt meine Freundin Lona, daß obengenannter Irrtum ohnehin von Männern nur dazu erfunden wurde, um Frauen einzuschüchtern und dadurch besser unter Kontrolle zu haben.

Wenn man dann noch in Betracht zieht, daß Ehen heutzutage länger dauern können als jemals zuvor in der Menschheitsgeschichte – gestiegene Lebenserwartung, seit über fünfzig Jahren kein großer Weltkrieg mehr, Frauen sterben nicht mehr jung im Kindbett oder auf dem Scheiterhaufen, Männer haben aufgehört, sich mittels Waffen zu duellieren –, dann dürfte vollends klar sein, daß wohl die wenigsten von uns es mit einem einzigen Partner ein Leben lang aushalten werden …

Die Japaner haben das anscheinend bereits begriffen und akzeptiert – woher käme sonst die Idee, als Tamagotchi-Nachfolger ein Techno-Ei namens Lovegety auf den Markt zu werfen? Hellblau für Männlein, schweinchenrosa für Weiblein.

«Ich bin zu allem bereit», kann der oder die stolze Besitzerin des Kleingerätes daran einstellen sowie «Sende und empfange» – und schon kann der Spaß losgehen! Trifft man unterwegs auf einen anderen stolzen Besitzer oder eine Besitzerin, so piepst deren Ei los und das eigene natürlich auch. Dann braucht man sich bloß noch zu einigen, wie weit man sich wirklich miteinander einlassen möchte.

Leider beträgt die Reichweite des Lovegetys momentan erst karge vier Meter, aber das soll sich bald ändern. Die Techniker arbeiten angeblich fieberhaft an dem Problem.

Lona hat bereits angekündigt, sich demnächst ein solches Techno-Ei zulegen zu wollen. Für alle Fälle, meinte meine muntere Freundin, schließlich muß der Zweitmann noch keineswegs der letzte sein ... Ich erfand daraufhin sofort den Slogan «13 Männer braucht die Frau!»

Wie schon erwähnt, die 13 ist eben meine Glückszahl ...

WUNDERLICH TASCHENBUCH

108-1

26121-9

26124-3

Bestseller zu attraktiven Preisen.

Jeden Monat neu als Wunderlich Taschenbuch.

Wir wünschen gute Unterhaltung!

5050/1